HAYMON verlag

Walter Grond

Mein Tagtraum Triest

Roman

Das Land Steiermark → Kultur | KULTUR NIEDERÖSTERREICH

Gedruckt mit freundlicher Unterstützung durch die Kulturressorts des Landes Steiermark und des Landes Niederösterreich.

Auflage:
4 3 2 1
2015 2014 2013 2012

HAYMON verlag
Innsbruck-Wien
www.haymonverlag.at

ISBN 978-3-7099-7003-4

Umschlag- und Buchgestaltung, Satz:
hœretzeder grafische gestaltung, Scheffau/Tirol
Coverfoto: Kurt Höretzeder

Gedruckt auf umweltfreundlichem,
chlor- und säurefrei gebleichtem Papier.

„In Trieste, ah Trieste ate I my liver.“
James Joyce

„In meinem tristen Triest
in meinem Trieste triste
das ich unmöglich lieben kann
aber auch nicht hassen.“
Ferruccio Fölkel

Tagträume

Lange Zeit schämte ich mich für meine Tagträume. In meinem Kopf war von allem zu viel vorhanden, und obwohl man mir ein lebhaftes Temperament nachsagte, glaubte ich von einer schweren Krankheit befallen zu sein. Ich war noch ein Kind, vielleicht acht oder neun Jahre alt, als ich mich von vorbeifahrenden Lastwägen magnetisch angezogen fühlte und wiederholt in die Räder von Lkws springen wollte. Da ich mich für schuldig hielt und fürchtete, bald sterben zu müssen, verschwieg ich meine inneren Zwänge.

Die Fernstraße, unweit derer ich aufwuchs, glich einem Schlachtfeld der Mobilität, auf dem fast täglich Verkehrsunfälle passierten. Lauschte ich an der Wohnzimmertür, hörte ich meinen Vater über die Toten auf der Straße reden, die ihn an seine Zeit als Sanitäter im Krieg erinnerten, und dann den Aufschrei meiner Mutter, die unglücklich über ihr Leben im Dorf war und unästhetische Dinge nicht ertragen konnte. Aber nicht die übermüdeten Lenker, die in ihren überfrachteten Autos zwischen Deutschland und dem Süden unterwegs waren, stellten die größte Gefahr für mich dar. Etwas in mir selbst zwang mich, in die Felgen der vorbeirollenden Lkws zu starren, in einen Zauberkreisel, der sich dreht und doch stillsteht und mich im nächsten Augenblick einsaugen und in die Hölle fahren lassen würde, oder, wie ich inzwischen vermute, in meine Mutter hinein, die lustlos neben mir herging und sich gegen meine hysterische Umklammerung wehrte.

Einmal stürzte ich kopfüber die Treppen hinunter, weil ich mir einbildete, meine Arme wären Schwingen, und ich würde fliegen. Was ich während des Sturzes empfand, ähnelte dem Schweben in meinen nächtlichen Träumen, wenn ich über die Erde segelte und auf Städte, Dörfer, Felder und Wälder hinabschaute und irgendwo dort unten meine Mutter darüber klagen hörte, dass es meinen Vater, den Spross einer Triestiner Familie, ob der Nachkriegsnot in dieses steirische Bergdorf verschlagen, und dass ihr das launige Schicksal noch dazu so viele Kinder beschert hatte. Wie im nächtlichen Traum ließ das Energiefeld in meiner Körpermitte nach, sobald ich über das Fliegen nachzudenken begann, und ich trudelte zu Boden und schlug am Treppenabsatz auf.

Und doch, bei aller Gefahr, in die mich die Tagträume brachten, warfen sie vor allem einen schützenden Mantel um mich. Früh schon verstand ich es, meinen Körper gleichsam getrennt von mir einhergehen zu lassen. Ich galt als gehorsam und benahm mich unauffällig, um mich möglichst rasch in einen stillen Winkel zurückziehen zu können, lange Zeit in die Scheune über dem Hof, in der Holz und Kohle gelagert wurden, ein dunkles Loch mit Bretterverschlägen, durch deren Ritzen ich das Haus meiner Eltern beobachtete. Später im Klosterinternat waren es die Fensternischen mit den Schuhschränken, die wir Schüler als Sitzfläche nutzten, und von wo aus ich das Rosarium mit dem Barockbrunnen und der Goldfasan-Voliere überblickte.

Fahre ich heute mit dem Auto ziellos durch die Gegend, fühle ich mich an die Zugfahrten zurück ins Kloster erinnert, an das Abteil, in dem ich kauerte, und an den letzten Blick, den ich meinem Vater zuwarf. Mir kommt auch der Stiftsteich in den Sinn, ein großer Tümpel, mit Fichten und Sträuchern abgeschirmt, den ich gern zwischen den Studierstunden aufsuchte, mit seinen beiden Schwänen und dem Schotterweg rundum, den Parkbänken und dem fauligen Wasser, dem Algenteppich, dem kleinen Steg und dem lecken Boot, und nicht zu vergessen den Blutegeln, die sich an meiner Wade festsaugten, sobald ich den Fuß im Wasser baumeln ließ. Während ich zwischen den Baumwipfeln zu den Internatsfenstern hochblickte, verwandelten mich die kleinen Vampire mit jedem Tropfen, den sie mir raubten, in ein gläsernes Meerwesen.

Über all die Jahre blieb das Bett der sicherste Ort für das Tagträumen, ein Boot, das mich durch die Dunkelheit trug, nachdem meine Mutter das Licht ausgemacht, oder mich später der Präfekt aus seinem Zimmer zurück in den Schlafsaal geschickt hatte.

Als mein Vater starb (ich war noch nicht sechzehn), richteten sich meine Tagträume auf Triest. Ich begann nämlich, die ferne Kindheit meines Vaters als mein Paradies zu erfinden und irrte in meinen Träumen durch die Welt, nur um einmal in Triest anzulangen und dort in die Arme einer himmlischen Frau zu sinken (so als würde mein Vater aus der Unterwelt zu meiner Mutter zurückkehren). Es begann stets am Wendepunkt einer Katastrophe, in der ich umzukommen drohte. Am Sonntagmorgen, wenn ich noch vor der Messe eine Stunde in meinen Illusionen verweilte, erlebte ich wieder und wieder, wie ich, von allen unverstanden und verstoßen, Entbehrungen und Einsamkeit auf mich nahm und am Ende doch glücklich in mein Triest heimkehrte. Meine Göttin, die mich dort empfing, nahm von Zeit zu Zeit ein anderes Gesicht an, war aber stets die Kopie einer Person, die tatsächlich existierte. Über lange Zeit hin liebte ich eine Schauspielerin, die mir auf dem Weg vom Kloster zum Bahnhof von einem Wahlplakat herab zugelächelt hatte. Sobald ich im Bett lag, imaginierte ich meine Irrfahrergeschichte in den verschiedensten Genres und Zeitaltern. Wie oft und in wie viel verschiedenen Kostümen die Schauspielerin ihre Lippen auf die meinen drückte!

Anlass für einen neuen Traum konnte ein Blickwechsel mit einer Unbekannten sein, manchmal genügte die Schilderung eines amourösen Abenteuers und ich war beseelt von der Vorstellung einer Frau als der Engel, der mich befreien und in Triest in meine Arme sinken würde. Während der Fernsehübertragung eines Skirennens verliebte ich mich in eine italienische Rennläuferin. Ich träumte, sie streiche mit ihren kräftigen Händen mein Haar aus der Stirn, der Schimmer in ihren Augen glich der Ruhe, die von den Fenstern romanischer Kirchen ausgeht. Ich schrieb ihr einen Brief, den ich in sieben Kartons verpackte und an ihre Autogrammadresse schickte. Monatelang wartete ich darauf, dass sie im Rosarium erschiene, von einer Menschentraube umringt, zu mir heraufeile und mich aus der Fensternische forthole.

Ich war siebzehn, als ich schließlich zum freiheitsliebenden *Italiener* wurde. Ich begann meine Erinnerungen an die Abende im Elternhaus, da über Triest gesprochen worden war, als mein wahres Dasein zu imaginieren und bildete mir ein, die Leute, die den Gastarbeitern *Katzelmacher* hinterherriefen, meinten damit mich. Es machte mich jetzt stolz, als Italiener diffamiert zu werden, als schäbiger Zeitgenosse, der heimische Frauen verführt, Kinder in die Welt setzt und sich dann aus dem Staub macht. Ja, ich hielt mich, je verzweifelter ich im Klosterinternat wurde, desto mehr für einen in die Fremde exilierten Triestiner. Ich blickte aus adriatischem Himmel auf alle hinunter, die *uns* Italiener als den sprichwörtlichen Feigling beschimpften, weil *wir* in beiden Weltkriegen auf und davon gelaufen und den Österreichern in den Rücken gefallen wären (eine Behauptung, die damals von all meinen Freunden aus dem Mund ihrer Väter litaneienhaft wiederholt wurde).

Die *Triestiner*

An meinen Verwandten ist zwar überhaupt nichts Italienisches, aber damals, als mein Vater noch lebte und die Familie sich regelmäßig in meinem Elternhaus traf, bedeutete Triest für sie alle ein verlorenes Jenseits, eine goldene Zeit und zugleich ein Fegefeuer für begangene Sünden. An der Grandezza, die unsere *Triestiner* Verwandten zelebrierten, an ihrem großbürgerlichen Gestus und an der Gereiztheit, mit der sie auf Fragen nach der Herkunft unserer Großmutter reagierten, ermaß ich nun mein Triest. Nonna Zeeman, lange vor meiner Geburt verstorben, bedeutete für mich den Übergang zum Italienischen, die Vorstellung von Menschen, die vornehm, der Schönheit zugeneigt und unberechenbar sind.

Dass mein Vater, der in meinen Augen allseits beliebte Arzt, durchaus nicht von allen wertgeschätzt worden war, wäre mir nicht in den Sinn gekommen. Da er sich weniger prätentiös benommen hatte als seine Geschwister aus Graz (wohin unser Großvater im Mai 1915 geflüchtet war und wo das Familiengrab liegt), und ich nicht das Brachiale der Männer aus dem Dorf an ihm feststellte, hielt ich ihn für den Inbegriff von Souveränität. In meiner Erinnerung saß er ohne jede Herablassung mit Bauern und Arbeitern zusammen, schrieb uns Kindern nicht vor, mit wem wir Umgang zu pflegen hätten, verprügelte uns nicht und verkehrte endlos geduldig mit meiner Mutter, die ständig nervös oder deprimiert war. Ihm eilte der Ruf eines Samariters voraus, der Hilfsbedürftige kostenlos behandelte, mit Geld sorglos umging und nach einigen Gläsern Wein ironisch, Frauen gegenüber galant, und im Streit distinguiert wurde. Wenn wütend, verfiel er ins Triestinische und fluchte *Wate fa frisa* oder *Vai malore*, bestand darauf, dass in seinem Haus nach den Rezepten der Nonna Zeeman gegessen und daher Pasta fagioli und Letscho gekocht wurden, obskure Gerichte, die niemand im Dorf kannte, wenn ich von den Gastarbeitern absehe, die außerhalb in Baracken hausten, von allen gemieden. Unter den wortkargen und streitwütigen Männern im Dorf war mein Vater jedenfalls eine auffällige und, wie mir jetzt schien, mediterrane Erscheinung, und da Triest, Epizentrum seiner Familie, ein Ort an der Adria war, lag es für mich nahe, mich als Italiener zu empfinden.

An den Wochenenden waren die *Triestiner* Verwandten aus Graz häufig zu Besuch gekommen, dann hatte unsere Haushälterin einen üppigen Braten aufgetischt, und mein Vater italienischen Wein aus dem Keller geholt. Im Wohnzimmer, um den langen nussfurnierten Tisch, hatten die Erwachsenen im dichten Zigarettendunst bis spät in die Nacht gelacht. Dass ich, an der Tür lauschend, immer wieder Anspielungen auf einen ominösen Fleck in der Vergangenheit vernommen hatte, den anzusprechen mir übrigens meine Mutter strikt verbot, bestätigte nun für mich das Bild von Triest als einem sagenumwobenen Ort.

In meiner Erinnerung tuschelten die beiden Tanten, unser Großvater, Werftdirektor in Triest, wäre

1910 (also fünf Jahre vor seiner Flucht nach Graz) mit unserer Großmutter und den Kindern nach Görz übersiedelt und hätte so am Höhepunkt seiner Karriere zwischen Wohnort und Arbeitsstelle hin- und herpendeln müssen. Dabei hätte ihm der Kaiser ohne diese Geschichte das Adelsprädikat verliehen. Der Onkel lenkte seinen Groll auf die Stabilimento Tecnico Triestino, für die unser Großvater gearbeitet hatte, da die Herren im Aufsichtsrat ihn überaus ungerecht behandelt hätten. Und wenn dann ein allgemeines Lamento angestimmt wurde, erklärte mein Vater verschmitzt, immerhin sei nach dem Zusammenbruch der Monarchie sein Erbanteil von 80 000 Kronen, ein ansehnliches Vermögen im Habsburgerreich, Anfang der 1930er Jahre eine durchzechte Nacht in den Studentenkneipen Wiens wert gewesen.

Mein Tagtraum drehte sich also um das Mysterium unserer Familiengeschichte, deren größtes Geheimnis vielleicht nur darin bestand, dass etwas an ihr aus Gründen der Konvention geheim gehalten werden sollte. Mit den Jahren war das Unaussprechbare zum Beweis unserer Prädestiniertheit geworden, dies nährte meine Italianita noch zusätzlich, eine absurde Verkehrung, was die Ereignisse im Triest der untergehenden Donaumonarchie betrifft, das blinde Verklären von Einsamkeit und des fernen Glücks. Aber wenn ich auch die gesellschaftliche Rolle unseres Großvaters verkannte, das Unglück wie das Glück unserer Großmutter nicht ermaß, war ich doch wirklich stolz auf die beiden, und hing meine Sehnsucht mit einem außerordentlichen Zugang zur Welt zusammen, der zwischen Neigung zur Illusion und einem ausgeprägten Pragmatismus hin- und herschwankte. Das *Zeemansche* (und damit in meiner Phantasie das *Italienische*) trug das Unmögliche als Brandzeichen auf dünner Haut, war seinem Wesen nach eigenwillig, entdeckerfreudig und unkonventionell, kam hochtrabend daher, doch es mangelte ihm am wirklichen Willen zum Erfolg.

Ob das Zeemansche etwas Schicksalhaftes ist, ob ihm ein genetischer Code zugrunde liegt – ein hormonelles Programm, das periodisch hitzige Wallungen und ebenso heftige Abkühlung hervorruft – oder die Last einer Erziehung, die ihren eigenen Ansprüchen nicht gerecht wurde, ja ob es das Zeemansche überhaupt gibt, sei freilich mehr als dahin gestellt. Jedenfalls ließe sich als sympathisch daran bezeichnen, dass mein Vater und seine Geschwister zu einem gewissen Hochmut gegenüber Mächtigen und zur Freundlichkeit gegenüber Schwächeren neigten. Recht südliche Gestalten, die sie für mich waren, vor allem die schönen Cousinen mit den feinen Gesichtern und edlen Bewegungen, die Tanten mit ihren Sonnenschirmen und Hüten, kamen sie zu uns ins Dorf wie sie wohl in der Venezia Giulia zum Sonntagsbraten der Nonna Zeeman angereist wären, gut gekleidet und parfümiert, mit fein manikürten Fingernägeln, der Onkel mit Raulederhandschuhen und Hut. Dass auch die Frauen Zigaretten rauchten und Wein tranken, provozierte manch einen in unserem Dorf. Wann immer aber ein Zeeman das Wort ergriff, verdiente er Respekt, da sie alle ein elegantes Altösterreichisch sprachen, mit Triestiner Begriffen untermengt, was sie höflich und eben auch seltsam erscheinen ließ und zu Menschen machte, die das Paradies, aus dem sie vertrieben worden waren, gleichsam im Handgepäck überall hin mit sich führten.

Manchmal streiften ihre Gespräche exotische Sportarten wie Tennis und Badminton, sie hielten sich für gute Schwimmer, äußerten sich aber ansonsten skeptisch über körperliche Anstrengungen. Sie schätzten das Maßvolle, eher das Flanieren als das weite Wandern. Sie ergriffen für das Korrekte der altösterreichischen Welt das Wort, obwohl sie in vielem gedankenlos handelten, und wiesen in politischen Fragen jeden Fanatismus von sich. Stellten sie auch gern eine gewisse Strenge zur Schau, blinzelten sie doch schelmisch aus gutmütigen Augen, und zuweilen schien ihnen die eigene Hybris peinlich.

Ein halbes Leben später erst begreife ich, dass auch mein Vater ein Schwankender wie alle Zeemans war. Wortgewandt verfocht er konservative Werte, und handelte doch liberal und tolerant. Ohne tiefgläubig zu sein, bekannte er sich zum christlichen Couleurwesen. An den Sonntagen, wenn meine Mutter längst schon auf der kalten Fußablage der Kirchenbank kniete, saß er genüsslich am Frühstückstisch und wartete, bis die Glocken die Wandlung einläuteten, eilte dann mit uns Kindern zur Kirche und schwindelte sich in die hinterste Bank. Da die Sonntagspflicht als erfüllt galt, wenn man der Messe von der Wandlung bis zum Schlusssegen beiwohnte, bediente er sich dieses Tricks und ersparte uns Kindern das Evangelium, die Fürbitten und vor allem die lange Predigt des Pfarrers, der uns mit seinen wüsten Drohungen ob der ewigen Verdammnis des Sünders Angst machte.

Mein Vater ging wohl davon aus, seine Kinder wären so wie er und würden daher erahnen, was er von uns erwartete. Er sprach nicht von oben herab mit uns, und doch oft wie von fern, das mag uns selbständig gemacht haben, aber eben auch haltlos. Und gerade weil er einen Mantel des Schweigens über die dunkelsten Ereignisse zu hüllen pflegte, vielleicht nur aus Rücksicht, oder wie meine Mutter erklärte, weil der gute Narr noch das Unrecht anderer auf seine Schultern lädt, hatte der ewig Freundliche etwas Unzugängliches an sich, zwar ein offenes Ohr für unsere Sorgen, und war doch in sich zurückgezogen, rasch gekränkt, so nicht eintrat, was er erhofft hatte. So war er auf seine Weise gütig und eben auch indifferent.

Über die Gräuel des Kriegs habe ich aus seinem Mund nie ein Wort erfahren. Während die meisten im Dorf den Untergang des Dritten Reiches beklagten, erzählte mein Vater amüsiert, er habe damals mit seinen Couleurbrüdern auf dem Grazer Hauptplatz *Gaudeamus igitur* gesungen, und sobald die Schlägertrupps der SA auftauchten, seien alle in die verschiedenen Gassen davongerannt. In unserem Wohnzimmer hing eine gerahmte Urkunde an der Wand, die ihm Offiziere seiner Garnison 1943 verliehen hatten.

Auf der bunten Zeichnung zielt ein mittelalterlicher Landsknecht auf eine Kuh, die eine Kugel auf der Zunge jongliert, während sich der Lauf der Büchse heillos verknotet. Gezeichnet mit dem Hakenkreuz gilt die Auszeichnung *Dem Feldscher Dr. Zeeman für seine löbliche Kunst mit dem Schießeisen.* In einer Gefechtspause war mein Vater dazu aufgefordert worden, an einem Wettschießen auf Judenpuppen teilzunehmen, und hatte sich, um dem barbarischen Akt zu entgehen, dumm angestellt, ungelenk in den Boden und in die Luft geschossen und damit den Spott der Waffen-SS geerntet.

Wir verehrten meinen Vater, aber ich weiß nicht, ob wir nur annähernd begriffen, was in ihm vorging. Die Zeemans tranken gerne Wein, und nicht selten über den Durst. Mit *bere come un tedesco* – trinken wie ein Deutscher – drücken Italiener ihre Verachtung gegenüber dem unmäßigen Umgang mit Alkohol aus. Zur Zeit unseres Großvaters dürfte es aber in Triest, auf gar österreichische Manier, ein recht gewöhnlicher Anblick gewesen sein, wenn Frauen und Männer durch die Straßen torkelten. Keine andere Hafenstadt Europas hatte damals einen ähnlich exzessiven Ruf. Nach einer gewissen Menge Wein jedenfalls entwickelten unsere Verwandten einen kauzigen Witz, und legten nach jedem Schwips eine besonnene Würde zu Tage, selbst wenn sie unter arger Übelkeit litten. Sie legten darauf Wert, nichts Verwerfliches zu tun. Ihr Familienstolz sah über kleine Untaten hinweg, reagierte auf Kompromittierendes, indem alle den Vorfall ignorierten. Nun, gleichsam nicht geschehen, wurde das Geschehene zum Geheimnis, über das zu flüstern wieder möglich wurde. Sie abstrahierten, was geschah, und milderten derart die Geschichte, entwickelten eine heimliche Vorliebe für das Ungewöhnliche, wenn nicht gar für das Verbotene.

Es war schon seltsam, aber selbst der Onkel, der unter jedem Ungehorsam körperlich litt, eine penible Vorstellung von Ordnung und Zuverlässigkeit hatte und auf korruptes Verhalten mit Angina pectoris reagierte, war im Grunde ein beinahe großzügiger Zeitgenosse. Als würde sie letztendlich vermissen, was in ihren Augen schändlich war, verstieß die Familie weder meinen Bruder, der sich während seines Studiums versoff, noch unsere Cousine, die nach der Trennung ihrer Eltern in einem, wie man munkelte, zu nahen Verhältnis mit ihrem Vater lebte. Es kokettierten alle mit der Sünde, nicht, weil sie keine Hoffnung auf Erlösung hegten, sondern weil sie das Besondere in sich verspürten.

Schließlich fand also in meiner Vorstellung vom Zeemanschen (und damit von Italien) alles Platz, was ich mir nicht erklären konnte, und ebenso alles, was ich mir wünschte, und festigte sich so zu einem Traum vom Triestinischen, das allen anderen Lebensweisen überlegen war. Ich bewunderte vor allem, wie mein Vater das Unvermeidliche schmunzelnd hinzunehmen pflegte. Ohnehin dürften die Zeemans Platoniker gewesen sein, wild in ihren Gedanken, aber eigentlich zahm, nicht auf den Mund gefallen und doch, wenn nicht Verlierer, dann wenigstens nicht Gewinner, weil ihnen die Geltungssucht von Kleinbürgern fehlte, und sie irgendwie aus der Zeit gefallen waren.

Ich erinnere mich, als uns mein Vater den Ort seiner Kindheit zeigte, tuckerte er mit seinem VW-Käfer durch die Straßen von Görz, suchte die Seegasse, Bürgerhäuser mit kleinen Vorgärten, und wies auf die schmiedeeisernen Zäune hin. Ich erinnere mich an einen Lebensmittelladen, vor dem Kisten mit Gemüse und Obst aufgetürmt waren, und an einen Zebrastreifen, vor dem kein Autofahrer Halt machte. Dann fuhren wir weiter nach Triest und schlenderten am Hafen auf und ab. Im Museum sahen wir das Modell eines Schlachtschiffes der k. u. k. Kriegsmarine, das mein Großvater gebaut hatte. Mein Vater war hier fremder als in unserem Dorf und konnte uns kaum etwas über die Venezia Giulia erzählen, doch seine Augen glänzten, und sein Blick auf den Golf versprach uns Außergewöhnliches.

Tagträume und Verletzungen

So wie ich mir mit meinem Traum von Triest den Wunsch nach Harmonie zu erfüllen versuchte, war freilich eben dieser Wunsch von Anfang an untrennbar mit den Kränkungen meiner Kindheit verbunden gewesen. In allem, vermute ich, ist der Wunsch nach Aufmerksamkeit ein Phantom, wie auch mein Triest ein Phantom ist, eine Art Berufung, von der Enzo Bettiza spricht, die doch mit einer Lüge begann, *mit einem ständigen Berauschtsein, phantastischen Tagträumen.*

Ich muss also, ehe ich vom Triest meines Großvaters zu erzählen beginne, zuerst von meinen Verletzungen sprechen. Meine Mutter war eine strenggläubige Katholikin, dem Pfarrer sehr ergeben. Als Volksschüler teilte ich mit einem Freund in unserem steirischen Dorf, die Leidenschaft für kleine Sammelfiguren, es war Anfang der 1960er Jahre. Wir kauften diese Figuren beim Bäcker, und zwar mit dem Geld, das wir als Ministranten verdienten. Fiel für den Sonntagsdienst ein Schilling ab, waren es für die tägliche Frühmesse zwei und gar sechs für ein Begräbnis, und beinahe hätte ich einmal bei einer Hochzeit zwanzig Schilling vom Brautvater erhalten, wäre da nicht der Pfarrer dazwischengetreten. Schließlich war ich Herr über die größte Sammlung von Indianer- und Cowboyfiguren. Und als dann der Schmuckdiebstahl aus der Schatulle meiner Mutter, mit dem alles Spätere seinen Lauf nahm, ans Tageslicht kam, glaubte der Dorfpfarrer eine Erklärung für mein Geschick, mit dem ich die Figuren gesammelt hatte, gefunden zu haben.

Unter seiner Schweigepflicht hatte ich ihm im Beichtstuhl gestanden, einige Schmuckstücke im Schlafzimmer meiner Eltern entwendet und im Garten vergraben zu haben. Unsere Haushälterin, auf die ich den Verdacht lenkte, war eine Zeit lang das Opfer meiner Intrige, ich wusste, dass meine Mutter eifersüchtig auf sie war, weil sie meinem Vater in die Schuhe half und gern mit ihm eine Zigarette rauchte.

Mit den Gebeten, die mir der Pfarrer zur Buße für die begangene Sünde auftrug, war es dann nicht getan, denn er erzählte meiner Mutter von meinem Geständnis, und sie wiederum schickte mich zur Abstrafung zu meinem Vater. Der aber ging mit mir in den Wald, bis zu einem Felsvorsprung, von dem man das ganze Tal überblickt, und nahm mich liebevoll in die Arme. Nie werde ich die gütigen Züge in seinem Gesicht vergessen, als er mir erklärte, der Pfarrer habe unrecht gehandelt, und doch sei es keine Lösung, meine Mutter zu bestehlen, um ihre Aufmerksamkeit zu erregen. Fast höflich fragte er mich nach dem Versteck und verlor danach nie wieder ein Wort über diese Angelegenheit.

Als mir meine Mutter zwei Jahre später mitteilte, ich würde bald ins Klosterinternat kommen, stellte ich mir darunter eine Wallfahrt vor, die sie mit mir unternehmen würde. Ich fühlte mich endlich beachtet, als sie mit mir im Stiftskeller zu Mittag aß, meinen Wäscheschrank im Internat einräumte, und dann mein Vater am Rosariums-Brunnen ein Foto von uns schoss. Dann verabschiedeten sich meine Eltern, und ich bekam wenig später vom Schlafsaalältesten eine Ohrfeige und den Wahlspruch der nächsten acht Jahre mitgeteilt: *Was uns nicht umbringt, macht uns nur härter*! Ein zitterndes Bürschchen wankte zum Speisesaal, unter dem sternenklaren Himmel jener Nacht, und versuchte aus einer riesigen Blechschüssel etwas auf seinen Teller zu hieven. Über viele Jahre hielt dieser Bursche es für ihn auferlegt, den als Kind begangenen Diebstahl im Internat abzubüßen. Ohne einen Bissen im Magen ging er in den Unterricht, weil er es nicht schaffte, sein Leintuch faltenlos zu streifen, weshalb der Präfekt die Matratze und das Bettzeug aus dem Fenster des dritten Stockwerks warf, und er während des Frühstücks den ganzen Pack wieder hochschleppen musste. Das Lineal schnalzte auf seine Finger, weil er während der Studierstunde Männchen gezeichnet anstatt Vokabeln gepaukt hatte, und im betonierten Duschraum unter dem Wasserstrahl einer der vierzig Brausen wartete er gehorsam, ob der Präfekt, der vor den Duschen auf und ab ging, ihn herauswinken würde.

Mein Vater

Wohl aus Indifferenz hatte mein Vater dem Drängen des Dorfpfarrers nachgegeben, mich ins Klosterinternat zu schicken. Er wollte es wahrscheinlich nicht und verhinderte es ebenso wenig. Später sollte meine Mutter behaupten, ich wäre auf meinen eigenen Wunsch hin dort untergebracht worden. Wann immer ich an meinen Heimfahrwochenenden zum Wäscheschrank im Schlafzimmer meiner Eltern ging, fand ich ihn versperrt vor, und obwohl ich wusste, wo meine Mutter den Schlüssel versteckt hielt, warf ich nie mehr einen Blick in den Schrank, der mein Schicksal besiegelt hatte, bis zum Tag nicht, als wir nach dem Tod meines Vaters das Dorf verlassen mussten und nach Graz umzogen.

Irgendetwas in meinem Vater suchte ein gefährliches Leben. Sein Diktum, über Geld rede man nicht, ist mir noch im Ohr. Vergegenwärtige ich mir, dass seit seinem Tod dreißig Jahre vergangen sind, und ich heute beinahe so alt bin wie er, als er starb, verändert sich freilich mein Bild von ihm, und ich beginne zu begreifen, wie ein Mensch sein Altern mit Demut und doch Unverständnis wahrnimmt. In meinen Träumen bleibt mein Vater der gute Arzt und erscheint mir inzwischen doch auf ein menschliches Maß verkleinert, nicht mehr als das Phantom, an das ich mich damals klammerte. Nach wie vor ist mir die Verzweiflung vor Augen, die ich empfand, als ich vor seinem Sarg stand, und er mir nicht mehr antworten konnte.

Heute betrachte ich ein gutes Maß an Unbestimmtheit als angebrachtes Lebensziel. Doch nach dem Tod meines Vaters war ich mehr und mehr auf das Unerreichbare aus, die kühnsten Eroberungen begannen mich rasch zu langweilen, und immer öfter nahm ich lauter Makel im schönsten Gesicht wahr. Das Ferne begann mich wie das Verbotene anzuziehen, und im Verrat spürte ich eine unerhörte Lust.

An meinem Vater war durchaus etwas Unverbindliches, und ich könnte nicht behaupten, seine Toleranz grenzte nie an Gleichgültigkeit. Mir fallen die Bemerkungen meiner Mutter über Nonna Zeeman ein, die hochnäsig darauf bestanden habe, Österreicherin zu sein, und doch nur im Triestiner Dialekt sprach. Im Ersten Weltkrieg ein Flüchtlingskind, hatte mein Vater zwanzig Jahre später in einer Armee gedient, die er nicht als die seine empfinden konnte. Dass ich mich nicht als Nazi-Kind schämen musste, verdanke ich unserer ominösen Herkunft. Die Nazis waren aber meinem Vater, glaube ich, bloß zu primitiv gewesen, als dass er sich ihnen angeschlossen hätte.

Wie sehr auch mein Vater die schiere Entmenschlichung in sich trug, begriff ich nicht. Es war nur Stammeln, das ich vernahm, wenn er zu viel Wein getrunken hatte, und ihn die zerfetzten Körper zu verfolgen begannen, die Eingeweide, die er zurück in die Bauchhöhle hatte stopfen müssen, die aufgerissenen Augen, der Geruch versengten Fleisches, all die unbeschreiblichen Bilder, die er in seinem Kopf stecken hatte. Es war vor allem die Angst, ein verletzter Soldat, den er versorgte, würde seine Pistole zücken und ihn erschießen. Bilder des Schreckens, mit denen er einst auf Fronturlaub ein weiteres Schlachtopfer gezeugt hatte. Als er schließlich aus der Kriegsgefangenschaft heimkehrte, musste er seiner Frau fremd erscheinen, so vollkommen in sich verschlossen, wie ein Teil von ihm im Krieg geworden war, und obwohl er mit uns zusammenlebte, und wir ihn liebten, muss er einsam und in seinen Erinnerungen gefangen geblieben sein.

Kam Streit auf, verschränkte mein Vater die Arme auf dem Rücken und ging im Zimmer auf und ab, als betreffe ihn das alles nicht. Und strich er mir auch gern mit der Hand über den Kopf, blieb er doch irgendwie unberührbar. Es machte wenig Sinn, mit ihm zu debattieren, er eignete sich nicht zum Streiten. Nicht selten zog er Aggressionen auf sich, weil er auf Aggressionen nicht reagierte. Meistens lachte er nur auf, wenn meine Mutter auf ihn einschlug, weil er betrunken nach Hause gekommen war.

Eben diese Gelassenheit, die ich als Jugendlicher zu einer Triestiner Tugend erklärte, liebten wir Kinder. Obwohl Arzt, genügte er nur mangelhaft bürgerlichen Maßstäben. Den *Triestiner* Verwandten galt er als Versager, da er nach dem Krieg keine Arbeit in der Stadt gefunden hatte, und in ihren Augen ein Zeeman nur zur Erholung aufs Land ging. Und auch unter den dörflichen Bürgern war mein Vater wenig willkommen, weil der bereits ansässige Arzt nicht daran dachte, die wenigen Lehrer, Beamten und Kaufleute, die es hier gab, mit ihm zu teilen. Daher buhlte mein

Vater im Wirtshaus um die Bauern und Bergmänner, war oft tagelang fort, versorgte auf einem weit entlegenen Hof eine kranke Bäuerin, half einer trächtigen Kuh beim Kalben und kam mit einem Stück Fleisch zurück nach Hause. Verschlug es einen kleinen Zirkus in unser Dorf, behandelte er die Artisten gegen Eintrittskarten für uns Kinder, und die Narren aus dem nahen Siechenheim kamen auf ein paar freundliche Worte und einen Lebertransaft in seine Ordination.

Gegen Ende seines Lebens saß mein Vater lieber am Wirtshaustisch als an einer dorfbürgerlichen Tafel, die ohnehin nur den provinziellen Schatten seiner verlorenen Möglichkeiten darstellen konnte, und wurde damit, so zwischen den Milieus hin und her wechselnd, beinahe unantastbar. In keiner Gesellschaft legte er seine Vornehmheit ab, und wenn ihn die Verwandten aus der Stadt auch belächelten, kamen sie doch regelmäßig zu Besuch, weil in seinem unentschiedenen Wesen das großväterliche Triest fortzudauern schien.

Im Grunde dürfte meinen Vater das Familienleben genervt haben, und ich glaube, er fühlte sich am ehesten wohl, wenn er in einer fremden Stube unbemerkt wegdämmerte. Ihn, der sein eigenes Befinden zugunsten der anderen zurückstellte, erfasste, sobald er betrunken war, eine Art Kaltherzigkeit. Eben noch zuvorkommend, konnte er unversehens ungerecht über einen Menschen urteilen. Einmal murmelte er ohne jede Regung, beinahe sarkastisch, vor sich hin, mit einer Fehldiagnose den Tod einer schwangeren Frau verschuldet zu haben.

Traf ihn Schuld, wurde er noch wohltätiger, er zeigte zwar keine Reue, aber stürzte in einen inneren Abgrund, in den zu blicken er niemand anderem erlaubte. Als sich seine Herzanfälle häuften, ihn Atemnot plagte, und er mehrfach mit dem Kopf auf dem Tisch aufschlug, lehnte er es ab, ein EKG machen zu lassen, und begründete dies damit, für den Behandlungstisch zu groß gewachsen zu sein. Ihm fielen die absurdesten Ausreden ein, wenn es darum ging, seinen wahren Zustand zu verschleiern, ganz wie einer, der sich selbst längst aufgegeben hat und doch ein lebensfroher Mensch geblieben ist.

Nur die Bilder jenes Phantoms der Aufmerksamkeit verändern sich von Zeit zu Zeit, nicht aber der Mangel und die Sehnsucht selbst. Als junger Student sah ich Italien mit den Augen Hemingways, dessen Büchlein *Über den Fluss* eine ganze Weile meine Sakkotasche ausbeulte. Ich liebte die Geschichte über Richard Cantwell, einen Kriegsveteranen, der in Triest stationiert ist und der sich während eines Ausflugs nach Venedig in eine Italienerin verliebt. Eine Art Seligkeit trug mich durch den Tag, seitdem der sterbende Held und seine Contessa von mir Besitz genommen hatten, deren Furchtlosigkeit, kalte Leidenschaft und Eros mir je vergeblicher, desto unübertrefflicher erschienen. *Wir wollen über den Fluss setzen und im Schatten der Wälder ruhen.* In diesem einzigen Satz erklärte sich all meine Verlorenheit, als würde ich selbst am Ende des Ersten Weltkrieges mit den U.S.-Truppen in Triest stationiert werden und in der Reise ohne Rückkehr den Sinn allen Lebens erfahren. Ich hätte in meinem Enthusiasmus sogar die Gräber der Isonzo-Schlachten besungen, so wenig begriff ich den Riss, der durch die Vergangenheit ging. Es handelte sich schlicht um die Weigerung, verkleinert zu leben.

In jenem Spätwinter 1976 war das Erdbeben in Friaul in aller Munde, man fürchtete heftige Nachbeben, und in Richtung Italien bewegten sich anstatt der Urlauberkolonnen die vielen Hilfskonvois, als zwei Freunde aus dem Internat bei mir auftauchten und mich drängten nach Venedig mitzukommen. Wir hockten auf dem Bett in meinem Untermietzimmer, und ich begriff eine ganze Weile nicht, was sie vorhatten. Das Auto, mit dem sie an die Adria fahren wollten, gehörte einem Geschäftsmann aus Wien, und als Bohemiens, die zu sein die beiden beschlossen hatten, beschworen sie traumwandlerische Tage, die wir uns mit einem Geniestreich verdienen würden.

Eine verschworene Schlafsaal-Gemeinschaft, zerrüttete Psychen, nicht minder hochmütig wie naiv, als die wir aus dem Kloster in die Welt entlassen worden waren, zog ihr Plan auch mich in den Bann, ein merkantiles Verbrechen, das sich mit dem Pathos des Besonderen umgab und snobistisch Gut und Böse verkehrte. Meine beiden Freunde hatten sich einem gönnerhaften Herrn verschrieben, für den sie heikle Botendienste erledigten, und es damit in kürzester Zeit geschafft, in teuren Hotels absteigen zu können und sich von bezahlten Frauen verwöhnen zu lassen. Ihre Expertise der Kunst erwarben sie mit illegalen Transporten von Schiele-Zeichnungen aus Polen, sie konnten sich köstlich amüsieren, wenn solche in Wiener Museen auftauchten, und die ahnungslose Kunstwelt ob der wundersamen Vermehrung jubelte. Etwas Besänftigendes war am Verrat, etwas Antibürgerliches, dabei aber fanatisch dem Geld verpflichtet, daher überaus verquer, wenn die beiden ihre Geschäfte am radikalen Lebensentwurf von Künstlern maßen, die jede Entbehrung auf sich nehmen, um sich über ihre Umwelt zu erheben.

Um Touristen mit dem hohen Benzinpreis nicht von einer Reise in den Süden abzuschrecken, gab damals die italienische Regierung Gutscheine aus und beglich die Preisdifferenz, für jeden Autofahrer auf eine jährliche Anzahl limitiert. Auf welchen Wegen unser Auftraggeber so viele Benzingutscheine erworben hatte, war auch meinen beiden Freunden schleierhaft, doch es ließ uns noch einflussreicher erscheinen. Wir verkauften nicht nur verbotene Ware, es war ein Messdienst, den wir an all den Tankstellen, die er genannt hatte, für ihn leisteten. Wohin wir auch kamen, wurden wir stets bereits erwartet, und wenn wir die eingenommenen Lire auf das italienische Konto des Auftraggebers legten, brachte uns die Prämie, die wir dafür bekamen, ein Stück dem ersehnten Paradies näher.

In diesen Tagen war nichts ohne Bedeutung, alles erklärte uns etwas, erzählte den drei Studenten ihre eigene Geschichte. Wie oft zitierten wir das morgendliche *Was uns nicht umbringt, macht uns nur härter* und das abendliche *Es gibt kein Mitleid* aus dem Internat! Für wen, wenn nicht für uns drei, bauten sich die Wolken über Friaul zu dramatischen Formationen auf; und wem, wenn nicht uns Träumern, beugten sich die Grenzgendarmen in Tarvis, die den Kofferraum durchwühlten und die Rückbank zerlegten, nicht aber die Innenwand der Seitentür inspizierten, hinter deren Verkleidung wir die Gutscheine versteckt hatten. Was, wenn nicht kalte Melancholie, sollte uns beim Anblick der zerstörten Dörfer erfassen, und Gemona, wo wir

Halt machten, war recht für unsere Stimmung geschaffen – all die Absperrungen und Trümmerhaufen, der Dom, bis auf die Grundmauern in sich zusammengebrochen, die Welt als ruiniertes Gebilde. Wir blieben im Auto sitzen und knabberten an unseren Selchwürsten, kein Wort fiel, denn wir mochten entsetzt und überwältigt sein, aber der Krieg irgendeiner höheren Macht gegen das unschuldige Individuum, das unter diesem Schutt lag, war jener Krieg, den überlebt zu haben wir uns einbildeten.

Ehrfürchtig staunten wir an den Tankstellen über die Verwandlung eines irdischen Gegenstandes in etwas Sakrales. Vergingen wir auch beinahe vor Angst, fieberten wir doch freudig, wenn wir die Couponheftchen gegen Geld tauschten. Mit jeder Tankstelle wurden wir routinierter, und bald hielten wir unser *Siamo Austriaci* für den Schlüssel zum Himmelstor, uns selbst für unüberlistbar.

Was für ein erhebendes Gefühl dann, hinter dem Markusplatz von Venedig in ein marodes Himmelbett zu sinken und über die Signora zu schmunzeln, eine alte Dame, die ihre Wohnung an uns vermietete. In diesem feuchtkalten Raum, überladen mit Möbeln, Gemälden, Vorhängen, Leuchtern und Porzellan, fühlte es sich an wie es sich im Schlafzimmer meines Großvaters in Triest angefühlt haben musste. Und da ich aus der engen Gasse hinaus auf den Markusplatz trat, hinunterschritt zur Mole und im Nebel die Asche meiner ersten Zigarette in die Brandung kippte, wiederholte sich in mir das Schauspiel aller

Entzauberten, die von weit her angespült werden und sich zu orientieren versuchen. Auf allen Meeren kundig, im einen Augenblick erfolgreich, im nächsten versagend, wirken sie auf die anderen geheimnisvoll und sind sich selbst ein Rätsel, erahnen insgeheim, dass alle Welt ein wenig lächerlich daherkommt, und nicht zuletzt man selbst, und daher für einen vernünftigen Menschen bereits am frühen Morgen die rechte Zeit gekommen ist, eine Bar aufzusuchen und das erste Glas Wein zu sich zu nehmen.

Ein Seelenverwandter Hemingways war ich. Sein Held Cantwell, kriegsmüde, gepeinigt, von beißendem Humor gegen alle Kriegsgewinner, war der Schatten des Schriftstellers, wie Hemingway mein Schatten war. Als uns der Barkeeper in Harry's Bar verriet, der Schriftsteller wäre von dieser Theke zur Locanda Cipriani nach Torcello aufgebrochen und hätte dort den Roman über Richard Cantwell verfasst, war sofort eine weitere kleine Schar gewonnen, die nichts wie hinaus wollte in die Laguna morta.

Derart eindringlich hatte ich den Roman geschildert, dass auch meine beiden Freunde in die streitbare, edle und hochherzige Vereinigung der Brusadelli-Ritter aufgenommen werden konnten, in jene Roman-Burleske über verzweifelte Männer, die all die Gräuel des Krieges am eigenen Leib erfahren haben, und nun das elende Leben kommentieren. Uns stand das Geheimnis der Brusadelli-Ritter vor Augen, denn wir empfanden nach den Jahren im Kloster die Spuren jeden Verhängnisses, das Cantwell im Roman mit soldatischem Witz erträgt, als Brandzeichen auf unserem eigenen Leib.

Als wir uns Torcello näherten, ragte der Glockenturm einer verlassenen Stadt von der einst dicht besiedelten Insel, und unter unseren Füßen spürten wir die versunkenen römischen Villen. Auf den sumpfigen Böden würden die Männer zur Entenjagd schreiten, mit der Hemingway seinen Roman beginnen lässt, und da wir die Locanda Cipriani betraten, schob der Schriftsteller gerade den Mexikanerhut aus der Stirn, um mit Signore Cipriani vor all den geleerten Gläsern zu posieren. Während wir Langusten und Muscheln in uns hineinschlangen, waren die übrigen Fotos an den Wänden verschwunden, wir bemerkten weder Kim Novak, die englische Königin noch all die anderen Leute, die sich hier im Lauf der Jahrzehnte ein Stelldichein gegeben hatten. Ja wir tranken Glas um Glas und waren von diesem Abenteuer so ergriffen, vom Töten, Lieben, Sterben, von der so menschlichen wie übermenschlichen Einsamkeit des Schriftstellers, dass wir über unseren pennälerhaften Visionen die letzte Fähre nach Venedig versäumten.

Kaum hatten wir die Rechnung beglichen und traten hinaus ins Freie, gingen die Lichter hinter uns aus, und wir mussten im Dunkeln zur Schiffsanlegestelle torkeln. Es war kalt und nebelig, nur die Glühbirne im Wartehäuschen der Anlegestelle flackerte ab und zu auf. Irgendwann in dieser Nacht, es war noch dunkel, entdeckte uns ein Fischer und nahm uns auf seinem Kutter mit nach Venedig. Vorne am

Heck zappelte Meeresgetier in den Netzen, und salziger Wind wehte uns um die Ohren. Im Licht des hin und her schwenkenden Scheinwerfers taten sich kurze Einblicke in die Dunkelheit auf, in das Nichts, in das wir hinein tauchten, während ich im Kichern des Fischers aus der Führerkabine den beklemmenden Lockruf des Fährmanns zur Unterwelt vernahm.

Nicht anders konnte sich der letzte Augenblick des Lebens anfühlen, beängstigend und doch erregend. Ehe mich das Meer verschlingen würde, hätte ich mein Triest erreicht, aber es war nicht Triest, sondern deutlich ein Double von Triest, denn ich sah mich mit meinem Vater und dessen Vater an der Hand entlang der Promenade Sant'Andrea spazieren, wo gerade Colonel Cantwell an Bord des Schiffes nach Venedig ging. Torcello, das hinter mir lag, erinnerte mich an alles, was ich nicht in Worte fassen konnte, an mich selbst als noch ungeformte Zellmasse, für die in diesem Moment das gesamte Schicksal wie in einem Würfelspiel festgelegt wird.

Mit der Erregung stellte sich auch die Panik wieder ein. Ich musste an die erbärmlichen Schreie denken, wenn im Klosterhof Schweine geschlachtet worden waren, und ich mir vorgestellt hatte, das Tier sehe dabei zu, wie es in einzelne Teile zerschnitten wird, gequälter als je eine Kreatur, aber von nun an dazu ermächtigt, seinen Peinigern in deren Träumen zu erscheinen.

Solche Abgründe sind verlockend, weil sich in ihnen die Welt als vollständig zeigt. Nach dem Tod meines Vaters war ich verzweifelt und zugleich wie von Sinnen. Je mehr ich mich schuldig sprach, desto gefangener war ich im Handeln, süchtig nach einem sadistischen Universum. Auch das Geschlecht des Präfekten war Teil des Absoluten, in das ich mich geworfen fühlte, es glich den Fresken in der Stiftskirche, all den Bildern der Apokalypse, da sich die Erde eines nicht allzu fernen Tages öffnet und alles in einem einzigen Triumphzug des Allmächtigen untergeht.

Vielleicht sah ich mich in diesem Kutter zwischen Torcello und Venedig zugleich am Tor zum Paradies und zur Hölle, und hörte doch nur das Tuckern des Motors und das Kichern des Fischers. Ein pubertierendes Seelchen geriet außer sich. Es gab für mich kein zu Hause, nur das Gerücht, dass die Zeemans von irgendwo herkamen, und nichts war verlockender, als sich die Welt vom Leib zu halten, an einem unbestimmten Ort zu sein und so ganz bei sich zu bleiben.

Verschlungene Wege

Wie aus dichtem Nebel tauchen in meinen Tagträumen die Hügel über Triest vor meinen Augen auf. Ich sehe eine dieser alten Villen von Opicina, in der das Geheimnis der Zeemans seinen Ursprung haben könnte. Ich höre das Plätschern eines Zierbrunnens, es ist eine hübsche Veranda, in der ich die Paradiessucher ausfindig mache. Sie genießen den Blick auf die Haine mit den alten Olivenbäumen, das immergrüne Gebüsch der Macchie, durch die sich die Spur einer Wildschweinrotte zieht, auf die Zypressen und Steinmauern, dieses perfekte italienische Bühnenbild. Die artifizielle Inszenierung einer archaischen Welt, in der augenblicklich jeder Stein zum Leben erwachen und sich der Nebel als Mantel eines überirdischen Wesens, das unser Leben bestimmt, erweisen könnte.

Eine bestimmte Niedergeschlagenheit blieb bis zum heutigen Tag die Zeemansche Grundstimmung. Sie resultiert aus der Erkenntnis, niemals zur richtigen Zeit am richtigen Ort zu sein, die Idee ist immer zu groß für den vorhandenen Körper. Ob es meinem Großvater ebenso ergangen war? Ich kenne keine einzige Äußerung, ohnehin kaum ein Lebenszeugnis von ihm, nur ein paar Dokumente, Fotos, einen kurzen Film und das Qualifikations-Grundbuchheft der k. u. k. Kriegsmarine, das ich im Kriegsarchiv in Wien ausheben ließ. Fast alles über ihn ist verschwunden, das Persönliche nie festgehalten oder von meinen Tanten zur Seite geschafft worden, und, was seine Arbeit als Werftdirektor betrifft, von der italienischen Verwaltung eliminiert oder in fernen Archiven vergraben. Von meinem Großvater blieb nicht viel mehr als eine imposante Grabinschrift übrig, eine in Goldlettern verfasste Gravur, die ein ganzes Leben im Dienst der Marine definiert, das eines Ingenieurs, der am Ende seines Lebens pflichtbewusst in Reih und Glied zurücktritt und im Offizierskorps verschwindet.

All die Begegnungen, das Glück und das Unglück meines Großvaters sind im Dunkeln. Als Adjutant und jugendlicher Freund von Siegfried Popper, dem einzigen Schiffbauingenieur der österreichischen Marine, der es jemals zum Admiral gebracht hatte, verkehrte mein Großvater in hohen Offizierskreisen. Siegfried Popper sollte einmal der Vormund meines Vaters werden wie sechs Jahrzehnte später der Onkel meiner. Ich aber weiß über Siegfried Popper nur, was meine Tanten erzählten, und das ließ darauf schließen, dass er am Ende seines Lebens wie die alte Welt, der er gedient hatte, aus der Geschichte verschwunden ist. Und da ich in den Listen des Ghettos Theresienstadt keinen aus Prag deportierten Namensvetter finde, der als sein Nachfahre zu deuten wäre, gehe ich davon aus, dass Siegfried Popper zeitlebens Junggeselle und kinderlos blieb. Wie das Grab meines Großvaters in Graz ist ebenfalls jenes von Popper auf dem jüdischen Friedhof von Prag die letzte Ruhestätte eines Mannes, der lange in Triest gelebt hatte, und wie das Leben meines Großvaters beginnt auch das von Siegfried Popper in Mähren, der nördlichsten Provinz der

Donaumonarchie, und führt, geprägt von den Entwicklungen des technischen Zeitalters, ans adriatische Meer.

Siegfried Popper stammte aus Prag, sein Vater war Galanteriewarenhändler. Im jüdischen Bürgertum, humanistisch gebildet und doch aufgeschlossen für den Fortschritt, wuchs damals eine Reihe von bedeutenden Ingenieuren heran. Popper studierte an der technischen Hochschule in Prag sowie an der Maschinenbauschule in Karlsruhe, und arbeitete danach als Konstrukteur in Prager Maschinenfabriken.

Dass in diesen Jahrzehnten die Monarchien zu zerbrechen begannen, und der Ruf nach dem nationalen Staat Landstrich für Landstrich in Europa erfasste, erwies sich vor allem für Österreich folgenreich. Der Vielvölkerstaat galt als das Feindbild der Nationalisten schlechthin, seine Zerschlagung als deren vordringliches Ziel, weil nur der Nationalismus Fortschritt und Wohlstand ermögliche. Nach Florenz war 1849 auch Venedig von Habsburg an Italien gefallen, daher die kaiserliche Marine nach Triest und Pola, dem verbliebenem Zugang Österreichs zum Meer, verlegt worden. Für die venezianischen Offiziere, Ingenieure, Matrosen galt es Ersatz zu finden, und viele Seeleute wurden in Böhmen oder Mähren rekrutiert. Einem unpolitischen Studenten in Prag musste im Ohr geblieben sein, mit welcher Inbrunst der Kaiser bei der Eröffnung der Eisenbahnlinie über den Semmering Triest als seine *höchst treue S*tadt beschworen hatte. Auch konnten ihm die Schlagzeilen über den Bau des

Suezkanals kaum entgangen sein, mit dem sich die Freihandelsstadt an der nördlichen Adria zum Zentrum des Handels zwischen Europa und dem Orient entwickeln sollte. Triest stünde also die prächtigste Zukunft bevor.

Einen Abenteurer jener Zeit dürfte die Aussicht beflügelt haben, als Marineoffizier die Welt aus der Gemächlichkeit in das Zeitalter der Beschleunigung zu führen. Träumerisch mag Siegfried Popper auf die Meeresbucht von Triest hinabgeschaut haben, als er, gerade einundzwanzig Jahre alt geworden, zum Schiffbauingenieur ernannt, und ihm in der Werft San Rocco die Bauaufsicht über die ersten gepanzerten Eisenschiffe übertragen wurde. Welche Illusionen, Parallelwelten, da andernorts noch stolze Schiffzimmerer die Werften beherrschten, gesetzte Männer einer Zunft, deren Wort keinen Widerspruch duldete, nun aber in Triest, wo der Holzschiffbau keine große Rolle spielte, kaum der Pubertät Entwachsene, Burschen mit Oberlippenflaum und weichen Händen, die Konstruktionsbüros besetzten und in den aufstrebenden Hütten, Gießereien und Schlosserwerkstätten das Sagen hatten.

Und da sich Europa in ein gigantisches Wettrüsten stürzte, führte auch der Weg des kaiserlichen Marinebeamten zu den modernen englischen Werften, die eine neue Ära der Zerstörungsmöglichkeiten einläuteten. Dort wurden Kriegsschiffe gebaut, deren Waffen ganze Küstenstriche auslöschen könnten, und deren Motoren die Seeleute in die Unterwasserwelt abtauchen ließen. Um die österreichische Flotte mit Schiffen dieser neuen Torpedoklasse auszustatten, hatte der Reichstag entschieden, zwei Schiffe in Newcastle bauen zu lassen, und deren Bauaufsicht war Siegfried Popper anvertraut worden. Dabei verblüffte der junge Mann mit einer scharfsinnigen Beobachtung, die sogar den Chefkonstrukteur der Royal Navy auf den Plan rief. Popper hatte den Konstruktionsfehler eines Torpedoschiffes aufgespürt, das nach den vorgelegten Plänen schon beim Stapellauf gesunken wäre, und war von nun an ein umworbener Mann.

Im Jahr 1882 hält sich der junge Triestiner Ingenieur aus Prag in Newcastle auf, und ein Jahrzehnt später wird ihn mein Großvater bei seinen Reisen nach England begleiten. Das Reisen war für die beiden Marineoffiziere normal, und ebenso wendig wechselten sie vom Deutschen ins Italienische, Französische, Englische oder Russische. Schließlich sollten sie nicht auf allen Kontinenten Kolonien erobern und einer einzigen mächtigen Sprache untertan machen, sondern ihren Vielvölkerstaat vor dem Auseinanderbrechen bewahren – wenn nötig mit Waffengewalt, vor allem aber mit bürokratischem Geschick.

Zwar verfügte das Reich, dem die beiden dienten, über eine Verfassung, die moderner nicht hätte sein können, da sie die Idee des Volkes mit dem Gebrauch der Sprache gleichsetzte, weshalb in Prag die Amtssprache Tschechisch, in Triest Italienisch und in Wien Deutsch war. Unter dem Doppeladler dienten so viele verschiedene Völker, dass jeder einzelnen Nation gerade ein Fleckchen Erde zur Verfügung stünde, und trotz allem schien dieser Bund derart unzeitgemäß geworden, dass sein Auseinanderbrechen nur eine Frage der Zeit war.

Ein Schiffbauingenieur der kaiserlichen Marine mochte also zugleich vergangenheitskrank sein aber durchaus utopisch denken, und führte jedenfalls ein rastloses Leben. Berufungen in andere Winkel des Reiches gehörten für Offiziere zur Tagesordnung. Ein anderer Winkel in der Donaumonarchie bedeutete meistens eine andere Sprache, und da die Liebe kein völkisches Gefühl ist, lagen sich häufig Frauen und Männer unterschiedlichster Kulturen in den Armen und brachten also Menschen wie meinen Vater zur Welt.

Vor einiger Zeit freundete ich mich mit Enzo an, er stammt aus einer Triestiner Patrizierfamilie. Seine italienische Sicht auf Triest ist nostalgisch gefärbt, er träumt von einem Triest, das nicht mehr existiert und wahrscheinlich so nie existiert hat und im Grunde das *unerlöste* Triest unter den Österreichern zur Zeit meines Großvaters ist. Mich rührt die Erscheinung des Enzo Laurentini, der höflich, bestimmt und ein wenig schnöselig wirkt; der die ganze Zeit über seine Rolle spielt, mediterran euphorisch und doch irgendwie steif, geschmeidig, aber unsagbar konservativ, jemand ist, der mir viel erzählt, ohne dass ich dabei auf festen Grund stoße.

In absehbarer Zeit wird Enzo die jüngste Tochter eines Mailänder Zahnarztes heiraten, die von seiner Mutter als hübsch und begabt befunden wurde. So leger er sich gibt, ist in seinem Leben das meiste vorherbestimmt. Mit ihm durch Triest zu spazieren, ist vergnüglich, er lädt uns gern in den Yachtclub ein, die Kinder planschen im Bad, und meine Frau und ich trinken Prosecco mit ihm. Beginnt Enzo mit Blick auf die schaukelnden Boote über die Bora zu sprechen, über die Winde, die vom Karst herabfallen, durch die Gassen der Stadt jagen und das Meer aufpeitschen, bekommt er glänzende Augen. Er betont das besondere Gefühl, das ein Triestiner in sich trage, und mir wird klar, diese Stadt hat keinen Platz für die zeemansche Wehmut, ja der Gedanke der verlorenen Seelen ist selbst eine Chimäre, freilich eine, die mich nicht loslässt.

Mein Triest nährt sich aus jenem aufgeregten Flüstern im Wohnzimmer des Elternhauses, wenn ich nachts an der Tür lauschte und die *Triestiner* Verwandten reden hörte. Dieses Bild baut nicht auf selbstgewisse Erinnerung, denn durch die Diskretion eines solchen Lebens, wie es mein Großvater geführt haben mag, und die damit geweckten Spekulationen, ist mir meine Vorstellungskraft die einzige Quelle. Die geheimen Verbindungen der Psyche, ja, wenn das vorstellbar ist, die Gene der Psyche lassen mich zwar nicht wissen, was mein Großvater wirklich machte, aber doch erahnen, was er getan und was er nicht getan haben könnte. Diese Annahme jedenfalls bestimmt meine Vorstellung von Großvaters Triest.

Zu der Zeit, als mein Großvater in Triest lebte, wurde gerade die Psychoanalyse zum Gesprächsthema, und vor allem in Triest zur Mode. Dazu mag die Hektik der Hafenstadt beigetragen haben, der rapide Reichtum, zu dem viele Zuwanderer gelangten, ebenso wie die Pleiten und der Ruin durch Spekulation an der Börse, nicht zu vergessen die sprichwörtliche Verschwendungssucht der Triestiner Patrizier. Vor wenigen Jahrzehnten noch eine gemütliche Kleinstadt, und nun zur Drehscheibe der Industrie, des Handels und der Migrationen zwischen Europa, dem Orient und Amerika geworden, war Triest in den Ruf einer Weltstadt geraten. Über das lebhafte Treiben, die Geschäftigkeit und die Zuwanderung von Kaufleuten aus aller Welt wurde hier ebenso viel geplaudert wie hartnäckig über die Hast und die sozialen Konflikte geschwiegen. Die wachsende Respektlosigkeit gegenüber Kaiser Franz Joseph sollte bald zum nationalen Hass und gar zur Idee reifen, nur noch Verbrechen und Terror könnten Heilung von der alten Welt bewirken.

Ich stelle mir das Triest zur Zeit meines Großvaters verschmutzt vom Dampf der Schiffe und Lokomotiven und laut vom Lärm der Motoren und Maschinen vor, unter einer Dunstglocke aus unterschiedlichen Gerüchen, die Schwindel erregen und die Sinne abstumpfen. Während der Kohlenstaub, der sich überall breitmachte, in der Nase juckte, muss der scharfe Geruch frisch gegerbter Häute, der aus den Güterwaggons herüberwehte, Brechreiz erzeugt haben. Aus dem Rinnsal kam der Gestank vom Pferdemist der Kutschen und Tramways, während ein Lüftchen den feinen Geruch von Gewürzen verstreute, die man gerade von einem Dampfer lud, und sich der wilde Duft von Kaffee aus einer Rösterei hinzu mischte. Mit einem stechenden Windzug kamen die Noten von Müll und Fäkalien aus der alten Stadt, nicht zu vergessen die vom Chlor und vom Essig, mit dem die österreichische Behörde jedes öffentliche Örtchen schrubben und desinfizieren ließ (was die Italiener zur Ansicht brachte, ein Beamter aus Wien suche die Toilette auf, um dort seine Suppe auszulöffeln).

Bei aller Zuwanderung aber, all den neu entstehenden Siedlungen der Zona Industriale bis in die Dörfer des Karsts hinauf, blieb Triest doch in seinem Geist eine provinzielle Kleinstadt, die ihre Einwohner in distinguierte, gewöhnliche und ordinäre Leute einteilte. Während die einen die Kaffeehäuser und Restaurants besuchten, betranken sich die anderen in den Osterias und Schnapsbuden. In den Gassen zwischen Börse und Hafen sah jeder bekannt aus, betraten dieselben Leute dieselben Cafés, klagten über das Fortwursteln der Österreicher und über die slawische Sturmflut, nickten einem Gendarmen aus Wien zu und blätterten hierauf das führende irredentistische Blatt durch. Diese Zeitung wurde von einem ungarisch-jüdischen Einwanderer, der das seine für den italienischen Nationalismus tat, herausgegeben und von den Österreichern als dummer Bubenstreich toleriert.

Nahm Siegfried Popper die Tramway zum Freihafen, und von dort zur Werft die Pferdestraßenbahn Richtung Punto Franco, konnte er sich ein Bild von den jungen Irredentisten machen, die den Anschluss Triests an Italien forderten. In einem Punkt musste er ihnen zustimmen, dass es nämlich von Wien reichlich borniert war, die Gründung einer italienischen Universität in Triest zu verbieten. Und so er am Canale Grande bei seinem Namensvetter Leopoldo Popper Halt machte, der wie er aus Prag eingewandert war und den Sabbat achtete, hörte er die Klagen des Kaufmanns über die wachsende Italianita auch vieler gottesfürchtiger Juden, die es sich zur Angewohnheit gemacht hätten, auf ihrem Grammophon den römischen Königsmarsch zu spielen.

Freilich war selbst Leopoldo, dem staatstreuen Mann mit dem Backenbart, der mit einem Hamburger namens Blum eine Handelsfirma leitete und der nichts mehr scheute als Konflikte mit der Obrigkeit, der Starrsinn der österreichischen Behörde ein Dorn im Auge. In Triest konnte doch sogar ein Jude unbehelligt leben, während in Wien selbst der Bürgermeister ein schlimmer Antisemit war. In der Via San Michele, wo Herr Leopoldo wohnte, würde ein Marineingenieur zwar längst nicht mehr willkommen sein, aber wenigstens galt Leopoldos Nachbar, ein Pietro Laurentini, der in der Stadtverwaltung saß, als gemäßigter Irredentist, nicht so fanatisch wie nebenan die Familie Stepe, die eigentlich aus Slowenien stammte, und deren Sohn den Familiennamen verstümmelt hatte, um als Italiener das wahre Glück empfinden zu können.

Vielleicht war Triest zur Zeit meines Großvaters ein verkleinertes und übertriebenes Wien und daher wie die Hauptstadt des maroden Reiches ein neurotisches Territorium, das parallele Lebensentwürfe begünstigte. Hier, wo alles geschah und zugleich totgeschwiegen wurde, erlebte die Psychoanalyse jedenfalls eine beschwingte Konjunktur, und jeder Gebildete verstand sich auf seine Neurosen.

Ein Mann wie Pietro Laurentini verdankte seinen Reichtum eben jener imperialen Macht der Donaumonarchie, von der er sich lösen wollte, um nach Italien, dem er nie angehört hatte, heimzukehren. Italien bedeutete für ihn das Abendland, das ersehnte Paradies, mithin auch die Rettung vor der slawischen Horde, von der die Triestiner Patrizier aufgebracht sprachen. Das Proletariat in den Werften, Fabriken und Lagerhallen bezeichneten sie als die Sturmflut, die in ihre Idylle eingebrochen wäre. Und so wie Pietro Laurentini die slawischen Arbeiter verachtete und zunehmend fürchtete, wuchs auch seine Abneigung gegenüber Österreich, das in seinen Augen das slowenische Untermenschentum begünstigte.

Dabei sprach jeder Bürger dieser Stadt, woher immer er gekommen war, den Triestiner Dialekt, so sehr von deutschen und slawischen Wendungen durchsetzt und so hart gesprochen, dass er kaum wie Italienisch klang. Auf seine besondere Weise war das Triestiner Bürgertum seiner eigenen Stadt fremd, begehrte gegen eine Fremdherrschaft auf und sehnte sich nach einer nicht weniger fremden Welt. Und umso glühender verteidigten die Triestiner ihre Italianita, wenn sie Nachkommen von Einwanderern waren, ja die fanatischsten Italiener waren oft Nachkommen von Slowenen, Griechen, Ungarn oder Deutschen, schwärmerisch in Italien verliebt. Italien war ihre fixe Idee. Ihr Sinn nach Befreiung mag häufig von Versagensängsten begleitet, ihre Auflehnung gegen die Staatsordnung mit Ablehnung gegenüber den Armen gepaart gewesen sein. Die Idee hatte jedenfalls eine absurde Vision von Triest als Hintergrund, dessen Corso sie als ein reinrassig römisches Forum erträumten.

Vor allem die jüdische Gemeinde von Triest fieberte in jenen Jahren der Psychoanalyse entgegen. In ihren Salons wurde es geradezu zur Manie, sich gegenseitig auszufragen und zu erzählen, über welchen Abgründen der Depression, der Hysterie und Perversion sich diese und jene Person bewege. Seinen Aufstieg im Handel, den Banken, Versicherungen und Schifffahrtsgesellschaften verdankte das jüdische Bürgertum den Privilegien der Freihandelszone, und seinen Einfluss dem Wohlstand, den der Hafen der Stadt beschert hatte. Aus allen Teilen Europas, der Levante und Russland, wo sie verfolgt wurden, waren die Hebräer gekommen, um in Triest gleichberechtigt, ohne Judenstern und Sonderabgaben zu leben. Mit dem Hafen von Triest hatten sie ein Paradies erreicht, das zu betreten ohne lange Überprüfung der Papiere möglich war, eine Art Amerika, in das sie nicht selten bettelarm gelangten, um darin nach kurzer Zeit als reiche Patrizier herumzustolzieren. Ihre Intelligenz und ihr Geschick waren in dieser Stadt gefragt, und da hier sogar der christliche Gottesdienst nach dreierlei Ritus abgehalten wurde, war es für sie ein leichtes, die Kippa oder den Fes gegen einen Zylinder zu tauschen.

Und doch wog für die meisten von ihnen, die in österreichischen Lyzeen oder Gymnasien aufgewachsen waren, die Sympathie für Italien ihre Verbundenheit mit der Korrektheit, ja Pedanterie, der österreichischen Schule nicht auf. Hatten sie in italienische Familien eingeheiratet, wurden sie zu glühenden Irredentisten und hielten doch ihre italienischen Frauen für bösartige Geschöpfe, kalt und animalisch. Sie empfanden sich selbst als Teil einer untergehenden Kultur, die sich ihrer letzten Erfindung, nämlich der Psychoanalyse, mit Inbrunst hingab. Und so waren sie trunken von der Analyse des Traum-wandelns, der Macht des männlichen Phallus und des Sexus, während sie doch am meisten die sozialistische Gefahr fürchteten, all die slawischen Arbeiter, die sie in ihren Fabriken beschäftigten, und die mehr und mehr Rechte einforderten.

Einmal wollte Siegfried Popper wissen, ob jene Treulosigkeit auch auf den Fabrikanten Schmitz zutreffe, der neuartige Schiffsanstriche verkaufte und für die Marine interessant war. Es hieß immerhin, er mache sich über die Psychoanalyse lustig.

Leopoldo wusste vom Bankrott seines Vaters, der Ettore Schmitz zum kleinen Bankbeamten degradiert, bis er eine italienische Cousine zur Frau genommen hatte. Damit wäre Schmitz nicht nur zum Fabrikanten, sondern auch zum Irredentisten aufgestiegen, der er doch selbst ein charmanter Zauderer vor dem Herrn sei und die Unentschlossenheit zu einer Lebenskunst entwickelt habe. Es nehme nicht Wunder, dass sein Schwager bei Professor Freud in Wien weilte. Derart schick war es in jüdischen Kreisen geworden, nach neuen psychoanalytischen Publikationen Ausschau zu halten, sie untereinander auszutauschen und in alle möglichen Rollen zu schlüpfen, aus den Freunden Schüler zu machen, selbst dilettierender Analytiker zu werden, und schließlich wenigstens einmal Patient.

Wer betucht genug war, ging zur Analyse nach Wien, während manche Schüler Freuds Furore in den Triestiner Salons machten. Es muss schon ein aufgeregtes Tuscheln und Geifern gewesen sein, ein schadenfroher Handel mit Neuigkeiten, den man in den Cafés trieb, von Gier nach Aufmerksamkeit getragen, da man jede Exaltiertheit ans Tageslicht zerrte und doch unablässig von jeder geistigen Abnormität peinlich berührt war. Da man vom Eros ebenso besessen war wie vom Verbot zu handeln, paralysiert von den kleinen Desastern und schmutzigen Familiengeheimnissen, und das Leben als eine einzige psychische Krankheit begriff.

Als im Geschäftsleben tatkräftig und im Privaten zaghaft, bis zur Selbstverleugnung unsicher, diagnostizierten sich die jüdischen Bürger von Triest selbst, und verteidigten doch ihr Ideal, einflussreich zu sein, aber dabei anonym zu bleiben. Daher lebte Siegfried Popper zweifach am Rand, als Jude und als Offizier der Marine, die in der jüdischen Gemeinde als gefährlich und hochmütig galt. Man malte den Teufel an die Wand, wenn ein Sohn der Gemeinde nicht im Handel oder Bankwesen arbeiten wollte, sondern Künstler wurde oder gar in die Marine eintrat, mit einem Wort auffiel, ja sich erdreistete, die Tarnung aufzugeben und den Neid der Gojim zu wecken.

Über all die Jahre hin hielt ich die Angewohnheit, wie mein Vater das Wort Triest auf der ersten Silbe zu betonen, für den Beweis aus Triest zu stammen. Dass es das italienische *Trieste* nahe legt, das deutsche *Triest* auf der zweiten Silbe zu betonen, ein Italiener also kaum Tríest, sondern eher Triést sagen würde, ignorierte ich. Absurder Weise war ich davon überzeugt, nur die Österreicher prononcierten Triést, und wenn mich jemand auf mein eigenwilliges Tríest ansprach, belehrte ich ihn, mit eben dieser Aussprache offenbare sich in mir der echte Triestiner. Nie wäre mir in den Sinn gekommen, dass zwar die Zeemans Tríest sagten, die Betonung auf der ersten Silbe aber auf das slowenische Trst Bezug nimmt, und daher vielleicht in meiner Familie, die ohnehin kryptisch über ihre Vergangenheit debattierte, slawische Wurzeln zu vermuten sind. Gegen eine solche Auslegung hätte ich mich verwehrt, da mein Großvater in unseren Augen ein Triestiner Großbürger gewesen, mir die Verachtung der Italiener für die Slowenen bekannt, und die Reserviertheit gegenüber den Slawen in den Jahren meiner Kindheit gleichbedeutend mit der Angst vor dem drohenden Kommunismus war. Und wiederum verstand ich die Zusammenhänge nicht, wenn ich wie alle Zeemans die Slowenen und Kroaten doch eigentlich schätzte, ja als ein Kind jener Nächte, die ich an der Wohnzimmertür meines Elternhauses gelauscht hatte, mir einbildete, in der Menschheitsgeschichte wäre kaum etwas Großartigeres geglückt als das Miteinander der Triestiner Bourgeoisie, der österreichischen Behörden und den Arbeitern aus dem slowenischen Hinterland.

Als mein Großvater Liborius Zeeman das erste Mal am Triestiner Südbahnhof aus dem Zug stieg, wird ihm dieses frühindustrielle Bauwerk am Rand des Borgo Teresiano von Wien her ebenso vertraut erschienen sein wie später im Hafen der Blick auf die Piazza Giuseppina. Und er hätte besonders borniert sein müssen, wäre er nicht davon gerührt gewesen, die Eleganz der Wiener Architektur ans Meer versetzt zu sehen, umrahmt von mediterraner Natur, umschmeichelt von italienischem Flair. Auf die Anmut dieser Stadt wird er freilich weniger vorbereitet gewesen sein als auf ihre strategische Bedeutung für das Habsburgerreich. Und bei aller möglichen Faszination ist klar, er betrat diesen Flecken Erde als Bewohner auf Abruf, und wird ihn nach dreißig Jahren als Fremder wieder verlassen haben.

Aus der Zeemanschen Marotte, jede Betroffenheit vor anderen verbergen zu müssen, daher in bewegenden Momenten über Geschichte und Funktionalität des Bewunderten zu dozieren, schließe ich, meines Großvaters Aufmerksamkeit galt weniger der Schönheit Triests als dem Anachronismus seiner Zeit, der ihm in der Takelage all der Schiffe im Hafen deutlich vor Augen stand. Ging er ein Stück den Hügel bergauf, bot sich ihm ein Panorama mit Dampfern, die vor Anker lagen, und die wie die kleinen Fischkutter an den Molen von Segelmasten gekrönt waren. Er mochte an die Beine von Flamingos denken, die man kopfüber in überdimensionale Suppenkessel gesteckt hätte, so grotesk wirkten die Masten auf den mächtigen Stahlkörpern. Und wenn er zur Mole San Carlo hinunterschritt, dürften ihn die dunklen Schornsteine auf den weißlackierten Decks beeindruckt haben, aus denen diese dünnbeinigen Stangen ragten – Sinnbild einer Zeit, in der sich gerade alles veränderte und das Alte, bestürmt von den kühnen Ideen der Ingenieure, lächerlich und damit auch irgendwie abseitig schön wurde, gleich diesen Masten, die kaum dazu imstande wären, einen tonnenschweren Stahlkoloss durch einen Sturm zu manövrieren.

Vielleicht hatte mein Großvater gar kein Auge für die Jutesäcke und Fässer, die von den Hafenarbeitern an Land geschafft, keines für die Pferdekarren, die mit den Kolonialwaren beladen wurden, auch für die Handelsherren in ihren dunklen Anzügen mit weißen Hüten und schwarzen Schleifen nicht, die, elegante Stöcke schwingend, den Kai auf und ab stolzierten. Vielleicht fielen ihm nicht einmal die kleinen Schubkarren auf, an denen Krebse und Früchte feilgeboten wurden, während eine Schar Händler um eine Ladung Kaffeebohnen feilschte, und ein schlankes Linienschiff mit lautstarken Damen an Bord nach Miramar absetzte. Und ob der rußige Dampf aus den Schornsteinen und das Kreischen der Schiffsmotoren von einem Ingenieur als störend empfunden wurden?

Vom Rumoren in den Sitzungssälen des Rathauses wird er bald nach seiner Ankunft gehört haben, von den streitbaren, aber vergeblichen Reden der italienischen Stadtverwaltung gegen die Pläne der Wiener Regierung, Triest in das Zollgebiet des Reiches einzuverleiben. Ihre Privilegien verdankten die Triestiner Bürger dem Freihafen, und nichts fürchteten sie daher in jenen Jahren mehr als den Verlust des Marktplatzes, an dem sie, befreit von Steuern und Abgaben, so überaus reich und einflussreich geworden waren. Den Habsburgern, die um den Bestand ihres Reiches kämpften, schien aber allein der Ausgleich mit Ungarn als Ausweg vor dem Zerfall Österreichs, und da die Regierung in Budapest einen Zugang zum Meer verlangte, würde sich Triest von nun der Konkurrenz Fiumes stellen müssen.

Einem jungen Offizier, der zwischen den Stützpunkten der k. u. k. Marine hin- und herpendelte, wird nicht entgangen sein, wie sich Triest innerhalb kurzer Zeit vom exklusiven Marktplatz zum Industriestandort verwandelte. Er wird die gefährliche Situation erkannt haben, da er täglich in der Werft den Arbeitern gegenüberstand, und bedenke ich seine spätere Entscheidung für die Liebe seines Lebens, wird mein Großvater das Elend der Zuwanderer in San Giacomo bedauert haben.

Als der junge Studienabgänger seinen Dienst in der k. u. k. Marine antrat, kehrte Siegfried Popper gerade als geachteter Mann aus England zurück. Ob er rasch zu dessen Adjutant aufstieg, weil er organisatorisch begabt, loyal und bei Untergebenen beliebt war? Seine Dienstbeurteilungen legen es nahe.

Woher kam mein Großvater, der als provisorischer Schiffbaueleve in den Dienst gestellt, und bereits ein Jahr später in der Werft San Rocco mit gewichtigen Aufgaben bedacht wurde? Ich kenne eine einzige Episode, die ihn um die Jahrhundertwende nach Beneschau reisen lässt, in jene kleine Stadt unweit von Prag, aus der seine Familie gestammt haben soll. Offenbar wusste er von diesem Ort nicht viel mehr zu berichten, als dass er noch vor dreißig Jahren deutsch gewesen, nun aber, bis auf einige verbliebene jüdische Läden, ganz tschechisch war.

Von den Zeemans, die aus jenem Benešov nach Wien emigriert sein sollen, gibt es keine Spur, einzig die Reiseanekdoten, die in der Verwandtschaft kursieren, erinnern an diese Vergangenheit. Mein Großvater hatte 1915 die Villa in Görz zu einem Spottpreis verkauft, das Küstenland überstürzt verlassen und bis auf einige Wertsachen Hab und Gut zurückgelassen, und wahrscheinlich ist das Italienischste an mir der Umstand, dass irgendein Beamtenkind aus Gorizia oder Duino zwischen den Möbeln, die ich einmal als die meinen hätte betrachten können, auf italienisch die Welt kennenlernte. Das spurlose Verschwinden der gesamten Familie erklärt sich damit aber nicht, keine Geschwister, Tanten, Onkel, Vettern oder Basen, von denen wir jemals gehört hätten, keine Insignien einer Großfamilie, wie sie sonst in besseren Kreisen und selbst unter Bauern, Kleinbürgern, Beamten zum

Beweis der eigenen Bedeutung gesammelt werden. Von meinem Großvater existiert nichts, was er nicht selbst in die Welt gesetzt hat. Auch wenn die Zeemans einen Herkunftsort hatten, hatten sie doch keine Heimat, und es ist, als ob sie dort, wohin sie gingen, als ein Lüftchen durchzogen, an das man sich dann und wann ein wenig sentimental erinnert.

Umso mehr wurde in unserer Familie, bei jeder Gelegenheit und mit manchmal irrwitzigen Gedankenzügen, spekuliert und geforscht, gemutmaßt und Aufgefundenes in Verbindung gesetzt. Am stimmigsten klang die Vermutung, die Zeemans seien aus Holland über Schlesien nach Wien und schließlich Triest gelangt. Neben meinem Bett im Elternhaus hing ein weißer Wandbehang mit blauen Stickereien, ich erinnere mich an die Windmühlen und an die Mädchen mit ihren Hauben und spitzen Holzpantoffeln. Es waren Geschichten, die wir uns zurechtlegten und mit denen wir uns erklärten, warum wir nicht waren wie die anderen. In diesen privaten Mythen erlebten wir uns als zugleich benachteiligt und überlegen. Und so redeten die Zeemans von den Deichbauern aus Amsterdam, die als Siedler durch halb Europa gewandert wären und sich mit ihrer Kunst der Trockenlegung von Sümpfen, der Fruchtbarmachung von Böden und der fortgeschrittenen Technik des Schiffbaus ihren Platz in der Welt erworben hätten.

Uneinigkeit bestand in der Frage, wie das Studium meines Großvaters an der Technischen Hochschule in Wien finanziert worden war, ob er es sich etwa als Werkstudent selbst verdient hätte. Vermutlich war mein Urgroßvater bei der k. u. k. Böhmischen Eisenbahn beschäftigt gewesen. Was Siegfried Popper betrifft, blieb man kryptisch, sprach allerdings mit vorwurfsvollem Ton von dessen fatalem Rat an meine Großmutter, das Vermögen meines Großvaters in k. u. k. Kriegsanleihen anzulegen, und deutete an, die älteren Geschwister meines Vaters wären noch in die höheren Kreise des Triestiner Exils von Graz eingeführt worden. Überaus pathetisch betonte man das katholische Bekenntnis der Zeemans, und kein einziges Mal wurde erwähnt, dass Siegfried Popper nach seiner Pensionierung hebräische Schriften ins Deutsche übersetzt und 1930 aus Protest gegen den Numerus Clausus für jüdische Studenten das Ehrenzeichen der Universität Wien zurückgelegt hatte.

Als einmal eine angeheiratete Tante das Gesicht meiner Schwester mit solchen von hübschen Jüdinnen verglich, trat eisiges Schweigen ein und Entsetzen erfasste die Gesichter. In meiner Kindheit war nicht selten von der Furcht wegen des Ariernachweises die Rede gewesen. Soweit ich verstand, waren die Dokumente meines Großvaters verloren gegangen und von Nazis nur die Marinezeugnisse, die kaum Angaben zur Familie enthielten, herangezogen worden. Mein Vater erzählte oft von Viktor Frankl, in dessen Nachbarschaft er als Student in Wien gewohnt hatte. Dieser Psychiater und Philosoph hatte ihm die tiefsten Einsichten vermittelt. Mein Vater zitierte gern aus Frankls Buch *Trotzdem Ja zum Leben sagen*, und wies darauf hin, dass der Philosoph, ein Jude, den Holocaust überlebt hatte. Sein liebstes Zitat, aus diesem oder einem anderen Buch von Frankl, lautete: *Je mehr der Mensch nach Glück jagt, verjagt er es auch schon.* Im Allgemeinen tauchte das Hebräische, als untergegangenes Element der europäischen Kultur, sentimental in den Zeemanschen Gesprächen auf, und über das Jüdische wurde auf eine skurrile Weise gewitzelt. Ich erinnere mich an die Geschichte eines jüdischen Buben namens Superbobi, der in Triest eine legendäre Person gewesen sein soll. Kurz vor dem Ersten Weltkrieg hätte er als Siebenjähriger seine Ferien im Königreich Italien, in der Nähe von Udine, verbracht und im Hotel ein Fest zugunsten der italienischen Nationalisten in Österreich miterlebt. Er hätte dabei zum ersten Mal von den Invasoren, Usurpatoren, Henkern aus Wien, dann die Garibaldi-Hymne und den römischen Königsmarsch gehört, und da er kundtat, in Triest zur deutschen Schule zu gehen, hätte ihn eine dicke Dame mit Oberlippenbart belehrt, sie wäre eine Unterdrückte und er ein Unterdrücker.

Wann immer mein Vater von den üblen Mischpochen redete, folgte sofort, wie um etwas gutzumachen, das Bekenntnis zum katholischen Glauben. Ich hatte damals keine Ahnung, dass Juden sich erst seit den 1840er Jahren in einem böhmischen Dorf wie Benešov hatten ansiedeln dürfen. Ihre möglichen Karrieren in der Marine konnten nicht über die Pogrome hinwegtäuschen, die mit erschreckender Regelmäßigkeit im Habsburger Reich gegen sie wüteten.

Und die Geschichte des Guido Voghera, der in Wien von deutschnationalen Burschenschaftern halb tot geprügelt nach Triest zurückkehrte, um dort sein *kompliziertes*, aber immerhin freies Leben weiterzuführen, ist kein Einzellfall. Unter den Zeemans fiel nie ein Wort über das Ghetto, das in Triest ein geachtetes Stadtviertel gewesen war. Und doch ist klar, dass meinen Großvater eine tiefe Beziehung mit Siegfried Popper verband, und erst der Krieg und die Shoah ihre Familienbande auseinanderrissen und deren Spuren verwischten. Beide kamen als Akteure des technischen Fortschritts nach Triest, und vielleicht teilten sie eine Herkunft, die sie resistent gegen Illusionen machte. Da der Handel der Hafenstadt trotz des Ausbaus der Eisenbahnnetze weit weniger anwuchs als propagiert, fiel ausgerechnet der verhassten Marine die Rolle des Wirtschaftsmotors zu, und dies bedeutete für die beiden Offiziere, von den Triestiner Bürgern, mit denen sie verkehrten, ebenso herbei- wie hinweggewünscht zu werden.

Ob mein Großvater jemals in der Theresienkaserne Quartier nahm, jenem Gebäude an der Piazza Oberdan, das heute das Museo del Risorgimento beherbergt? Das Hotel Posta auf der gegenüberliegenden Seite des Platzes existierte schon zu seiner Zeit, auch eine Verkehrsinsel mit Blumenbeeten in der Mitte des Exerzierplatzes, wie er damals geheißen hatte, bevor er nach dem Abzug der Österreicher 1918 umbenannt wurde.

Dass hier der bekannteste Märtyrer Triests gehenkt worden war, dürfte bei der Ankunft meines Großvaters in Triest noch Tagesgespräch gewesen sein, und manches weist darauf hin, dass mein Großvater in den folgenden Jahren die Tragödie dieser Stadt besser zu erfassen lernte als es einem Offizier der k. u. k. Marine zuträglich war. Ich stand mit Enzo Laurentini vor den Vitrinen des Museo del Risorgimento und wunderte mich, wie wenig unangenehm ihn die Exponate berührten. All dieses *Viva Italia* beunruhigte ihn nicht. In den Schaukästen sind die Schuhe und der Hut von Guglielmo Oberdan arrangiert, dann in den weiteren Räumen die Stiefel und Uniformen von legendären Irredentisten, die ihr Leben im Krieg gegen die Österreicher verloren. Nicht nur wird mit dieser Inszenierung von Reliquien das Italienische ins Himmlische überhöht, sondern dabei gänzlich ausgeblendet, dass es sich auch um Menschen handelte, die einst den italienischen Helden gegenüberstanden. Das Museum stellt Guglielmo Oberdans Hinrichtung wegen seines misslungenen Attentats auf Kaiser Franz Joseph als Teil seiner Erweckung zum Italienertum dar. Ehe er von der österreichischen Justiz zum Tode verurteilt wurde, war er nämlich Wilhelm oder Viljem Oberdank gewesen, der Sohn einer unverheirateten Slowenin und eines aus dem Veneto stammenden österreichischen Soldaten, und musste erst ein tragisches Schicksal auf sich nehmen, um Italiener werden zu können. Der Augenblick, als er sich dazu berufen fühlte, dem Untermenschentum zu entsagen, kann nicht verschiedener von jenem sein, der meinen Großvater zwanzig Jahre später im Angesicht meiner Großmutter dazu bringen würde, auf Rang und Ansehen zu verzichten. Verlacht als Bauerntölpel, als Spross eines slowenischen Hausmädchens, vor dem sich die italienischen Kinder ekelten, hatte sich Viljem Oberdank dazu entschlossen, nicht nur Italiener, sondern ein italienischer Märtyrer zu werden. Mit seinem Bombenattentat auf den Kaiser hatte er Geschichte machen wollen, da der Imperator den Feierlichkeiten für die Weltumseglung des Marineschiffes SMS Novara beiwohnte, und dieser viel beachtete Staatsakt ohnehin von heftigen Protesten gegen die österreichische Herrschaft und Demonstrationen für einen Anschluss Triests an Italien begleitet war.

Ob einen Offizier der k. u. k. Marine die Zusammenstöße mit der österreichischen Polizei irritierten? Auf seinem Weg zur Werft oder zur Marine-Sternwarte in San Giusto wird mein Großvater manches Scharmützel beobachtet haben. In große Aufregung wird es ihn nicht versetzt haben, denn es wäre nicht Österreich gewesen, hätte nicht ein Bonmot im Café die wachsende Beunruhigung verscheucht, wonach die Lage vielleicht hoffnungslos wäre, aber niemals wirklich ernst.

Triest

Ob sein Vater schon gestorben war, als Liborius Zeeman im März 1884 in den Zug nach Triest stieg, um seinen Dienst in der Marine anzutreten? Da ich (fast ein Jahrhundert später) nach dem Begräbnis meines Vaters ins Internat zurück musste, empfand ich mein Leben wie zerspalten (ob mein Großvater diesen Zustand gekannt hatte?). Ich rufe mir den Geruch, den ich damals an mir selbst wahrnahm, in Erinnerung, und das Gefühl, aussätzig zu sein, stellt sich sofort wieder ein. Im Drill des Internats verflüchtigte sich dann der Schmerz, aber ich sehnte mich weiter nach meinem Vater. Hörten meine Mitschüler Musik oder spielten Tischtennis, verzog ich mich mit Bleistift und Heft in meinen Winkel am Fenster. Hatte ich bisher meine Geschichten nur im Kopf entworfen, wollte ich nun den Tagträumen eine feste Form geben, und ich fühlte mich getröstet, sobald meine Gedanken in die Hand flossen und als Wörter auf dem Papier erschienen. Ich verstand mich als fremd auf diesem Planeten, aber da ich meine Verlorenheit aufschrieb (so wie andere täglich beten), stellte sich eine Balance ein, die belebend, beinahe aphrodisierend wirkte. Noch der größte Schmerz erschien nicht sinnlos und gab dem Fluss von Wörtern, der sich seinen Weg durch die Heftlinien bahnte, einen unverwechselbaren Charakter. Diffus hatte ich den Eindruck, beim Schreiben lenke mein Vater die Hand, und ich würde mit seinem

Schatten träumen, so wie andere himmelwärts blicken und sich dabei behütet fühlen.

Ich male mir aus, wie es wohl meinem Großvater in der Militärakademie ergangen war. Der Drang, das Unerreichbare zum Leben zu erwecken, ist unwiderstehlich. Ich denke an die Fresken in den Kirchen, die wir als Kinder bestaunten, an die aufbrechenden Wolken, hinter denen sich Gott und Teufel begegneten. Unter einem solchen Himmel geht nichts verloren. Darunter können auch zwei junge Burschen Platz nehmen, mein Großvater und ich, die durch einen Zeitraum von hundert Jahren getrennt, dieselben Tränen leise schluchzend in die Polster eines Internatsschlafsaales weinten, die einander fremd und doch miteinander verbunden sind!

So mein Großvater Geschwister hatte, dann Schwestern, deren Spuren sich in anderen Familien verloren haben. Von einer Tante war einmal die Rede, von einem Geschäft für Spiegel und Fotografien im zweiten Wiener Bezirk. Ich kenne keine Aufnahme meines Großvaters, die ihn vor seiner Triestiner Zeit zeigt. Vielleicht brach der junge Schiffseleve nicht ein Leben ab, sondern musste sich in der Fremde erst eines erfinden, und es machte deswegen für ihn keinen Sinn, eine Vorgeschichte zu erzählen. Niemand ist von sentimentalen Empfindungen frei, doch der Mangel steht vor jedem Affekt. Verlorener als in einem Internat (auf sich selbst zurückgeworfen und zugleich seiner selbst beraubt) kann man sich kaum fühlen, gebrochen und umso hartherziger gegenüber anderen. Durch die Zähigkeit meines Großvaters stiegen die Zeemans zu wohlhabenden Leuten auf, im Grunde aber kann nur von unstillbarer Sehnsucht die Rede sein. Dies wäre dann also das Erbe, das mein Großvater uns hinterließ, sein melancholisches Vermächtnis.

Eine Bemerkung über den erstaunten Blick aus dem Fenster oben am Semmering, als das Südbahnhotel auf dieser ersten Zugfahrt nach Triest an ihm vorbeizog, existiert nicht. Mein Großvater kann nicht als Flüchtling gedacht werden, nicht als jemand, der sich am Pier an der Einwanderungsbehörde vorbei schwindeln, an der nächsten Straßenecke um Brot betteln, den Rinnsal kehren und auf Parkbänken schlafen muss. Vielmehr erlebte dieser Mann aus unklaren Verhältnissen eine erstaunliche Karriere. Siegfried Popper suchte im März 1884 nach Technikern, die ihm dabei behilflich sein sollten, den Bau von Schlachtschiffen zu revolutionieren. Und mein Großvater sollte nicht nur zu jenen zählen, die Popper in das Konstruktionsbüro nach San Rocco holte, und denen daher von einem Tag auf den anderen die Welt der Cafés und Promenaden von Triest offen stand. Auf Anhieb erwählte ihn Popper zu seinem engsten Vertrauten, und Liborius Zeeman gelangte also mit fünfundzwanzig Jahren zu beträchtlichem Einfluss. Sollte die Herkunft eine Rolle gespielt haben? Aus welchen Gründen auch immer mein Großvater einmal aus den Annalen gestrichen werden wird, sein rasanter Aufstieg jedenfalls dürfte bereits vor fragilem Hintergrund stattgefunden haben. Dem Anfang und Ende seiner Karriere wäre dann gemeinsam, dass er durch eine Welt der strikten Zugehörigkeiten hindurch lavierte und, als sich der Lauf der Dinge für ihn ungünstig zu entwickeln begann, zwischen allen Stühlen saß. Und, wenn ihn mehr als die Zeemans zugaben mit seinem väterlichen Freund Popper verband, würde das Pendel zwischen Einschluss und Ausschluss an der nächsten Zeitenwende wiederum zur glücklicheren Seite ausschlagen, wenn nämlich mein Vater in der dunkelsten Epoche der Geschichte, in die eine Familie hineingeboren sein kann, einen Arierausweis ausgestellt bekommen wird.

Als Adjutant Poppers dürfte sich mein Großvater bald in höchsten Kreisen militärischer Macht wieder gefunden haben, inmitten einer Kaste von Kriegsherren, deren Etikette so streng war wie ihr moralloses Handeln legendär ist, und die jedenfalls die erschütternsten Romane bewirkt, ja das grausam Romaneske mit auf die Welt gebracht hat. In jenen Jahrzehnten vor dem Ersten Weltkrieg unterwarfen die europäischen Kolonialherren Kontinent um Kontinent, und während sich im industriellen Gründerrausch das ganze Leben zu erneuern schien, verwandelten sich die Epen des Abendlandes zu den Romanen, die jene Geschichte der gewaltigen Umgestaltung zu unserer Gegenwart hin erzählen. In einem von Habgier getriebenen Wettlauf fielen die Militärs, Beamten, Händler und Missionare Europas über den Planeten her, zerstörten alte Kulturen, machten sich ferne Völker untertan und plünderten fremde Böden aus.

Den Österreichern, die alle Hände damit zu tun hatten, den Zerfall der Donaumonarchie zu verhindern, fehlten die Mittel, sich an diesem imperialen Raubzug zu beteiligen, und etwas von der Niedergeschlagenheit des Kaisers, der sich nicht an den Eroberungen in Afrika und Asien beteiligen konnte, hatte wohl den Geist seiner Offiziere erfasst. Es mag für ihre Lage bezeichnend gewesen sein, dass die Österreicher dem Bild jener Epoche die legendärste unter den tragikomischen Figuren des europäischen Imperialismus beisteuerten. Jedenfalls gehörte Erzherzog Maximilian, der Bruder des österreichischen Imperators, zum unverzichtbaren Inventar der Zeemanschen Sicht auf die Weltgeschichte. Von Schloss Miramare in die Karibik ausgeschifft, um sich dort zum Kaiser von Mexiko krönen zu lassen und seine Idee eines modernen Staates zu verwirklichen, kehrte Maximilian schon nach drei Jahren nach Triest zurück, aber nicht nur *nicht lebend*, wie mein Onkel betonte, sondern hingerichtet und bestialisch geschändet. Und wenn er auch bei seiner Exekution seine Richter höflich gebeten hatte, wenigstens sein Gesicht nicht zu zerschießen, um seiner Mutter diesen Anblick zu ersparen, hatte sogar Admiral Tegetthoff, der seine sterblichen Überreste nach Triest überstellte, vor seinem zerfetzten Gesicht der Atem gestockt. Auf sein Gebot hin war allen anderen der Anblick der stechenden Glasaugen, die man einer Statue der heiligen Ursula entnahm, erspart und der unglückliche Erzherzog von Miramare so in seliger Erinnerung geblieben.

Ihm gebührt noch heute ein Standbild am Triester Hafen. Der k. u. k. Marine gilt er als herausragender Förderer, und auch die Triestiner fühlten sich ihm affin. Mein Großvater hatte in der Tradition der Maximilianischen Missionsfahrten eine *Einschiffung* auf sich zu nehmen. Diese sollte vertiefen, was sich der Eleve über die Schifffahrt angeeignet hatte, zugleich würde die Marine – so die Idee Maximilians – mit solchen Weltreisen auf allen Kontinenten *Flagge zeigen* (wenn sie schon nicht neue Länder eroberte). Auf diese Weise gelangte mein Großvater bis ans Kap Horn.

Ob er bei seiner Entsendung der Korvette auch einen weiblichen Namen gegeben hatte, wie es unter der Seemännern üblich war, und ob er sich für das Bordleben begeistert hatte? Die *Lingua di Bordo* wird ihm jedenfalls geläufig gewesen sein, all die Begriffe für Anker, Tau, Takelwerk und Navigation. Dem Hornsignal zur Retraite oder zum Flaggenschuss wird er gefolgt, der Bootmannspfeife zur Fallreeps-Ehrenbezeigung und der Banda gelauscht haben.

Dass Marineoffizieren etwas Kosmopolitisches, ja Exotisches anhaftete, mag ihn mit Stolz erfüllt haben. Seine Uniform ließ an Reisen in ferne Länder denken, und mit dem Flaggeneid hatte er nicht nur sein Leben dem Kaiser verschrieben, sondern würde Scylla und Charybdis überwinden, gewaltige Stürme überleben und den Meeresungeheuern trotzen. Wer wüchse im Offizierskasino nicht über sich selbst hinaus, wenn er die Abenteuer auf See zum Besten gibt und seinen Zuhörern die Empfänge bei Gouverneuren, die turbulenten Feste an fernen Fürstenhöfen ausmalt.

Und so hatte seine Korvette vor Port Said angelegt, und die Kriegsschiffe der Ägypter, Franzosen, Engländer, Russen, Preußen, Spanier, Holländer waren an ihm vorbei geglitten, und, von Salutschüssen begleitet, hatte das Schiff in den Suezkanal gestochen und die Wüste durchquert. Jene Schöpfung aus Trockenmauern, Quarantänen und Hafendämmen, von Abertausenden Arabern, Österreichern, Franzosen und Dalmatinern errichtet, war im Übrigen von Ingenieuren erdacht worden, die wie mein Großvater aus Mähren stammten.

Eine kolossale Erzählung im Zigarrenrauch des Salons, und freilich nur eine kleine Notiz, eine nebensächliche Passage im Logbuch, die derartige Geschichten festhält, und doch verbindet sich in einem solchen Augenblick das Herz eines Seemanns mit dem ganzen Universum. Er tritt die Fahrt in die Unterwelt an, wenn seine Korvette in das schmale Wasserband des Suezkanals eintaucht, das sich zwischen den Dünen seinen Weg bahnt, vor einem endlosen Horizont und unter einem violetten Himmel. In der Karawane, die am Ufer an ihm vorbeizieht, meint er die Seelen der Verstorbenen zu sehen. Nachts sitzt er unter einem Gewölbe von Sternen, das wie die Kuppel einer Moschee funkelt und blitzt, und, endlich in Suez angelangt, empfindet er die Barkasse, die ihn an Land bringt, als die Fähre des Charon, die ihn ins Reich der Lebenden zurückkehren lässt.

Wie ihn der Besuch beim ägyptischen Vizekönig in den Bann schlägt! Jener weilt mit einer Gefolgschaft von tausend Dienern in der Wüste und empfängt die österreichischen Offiziere, da er den Habsburger Kaiser schätzt und die Donaumonarchie für das ideale Modell eines künftigen Ägyptens hält. Auf Pferden reitet die Delegation in die Oase wie in ein Märchenland ein, und kurz vor der Zeltstadt tauschen die Offiziere ihr Reisegewand gegen die Paradeuniform. Die Männer der Ehrenpforte tragen teils fränkische Hosen, jüdische Kaftans, arabische Burnusse oder türkische Uniformen, und begrüßen ihre Gäste aus Österreich in den verschiedensten Sprachen.

Und ausgesprochen an diesem Ort begegnete mein Großvater einer Frau aus Gorizia, die ihm einen bleibenden Eindruck hinterließ. Ihre Stimme prägte sich in ihm ein, ihre Gesichtszüge begleiteten ihn von nun an in den Schlaf. Ob ihn bereits alles an ihr erregte, ehe er über ihr Schicksal erfuhr, oder erst ihre Geschichte diese Stimme wie keine andere in seinen Ohren klingen ließ, kann ich nicht sagen, aber ihr Lächeln fing ihn ein wie nie etwas zuvor. Eine solche Sehnsucht nach einem Idealwesen, das zugleich verletzt und stark ist, führt zu unbändiger Lust. Nach seiner Rückkehr in die Triestiner Wirklichkeit würde er jahrelang von einer Frau zur anderen irren, bis eines Tages jenes innere Bild in Gestalt einer anderen jungen Triestinerin vor ihm erschien, und er das sichere Gefühl hatte, diese wäre ihm schon einmal begegnet, und er sei nun aus seinem Dornröschenschlaf erwacht.

Nicht die maßlose Inszenierung von Reichtum und Macht, nicht der exotische Luxus und nicht die rabiaten Tänze der Derwische im Zeltlager des ägyptischen Vizekönigs beeindruckten ihn. Darüber verloren die Zeemans bei ihren nächtlichen Ausflügen in die Vergangenheit nicht viele Worte. Dagegen konnte es sich selbst mein Onkel nicht verkneifen, die Wirkung jener Fremden auf den jungen Offizier zu erläutern, die von Triest nach Ägypten ausgewandert war, und die ihm nun am Tisch des ägyptischen Vizekönigs Wein und Gebäck servierte.

Dass das Mandelgebäck mit Rosenöl in den Triestiner Konditoreien von *unseren ägyptischen Frauen* käme, war Liborius Zeeman schon zu Ohren gekommen, und nun verstand er, was es mit den *Aleksandrinken*, von denen in den Cafés die Rede war, auf sich hatte. Seit dem Bau des Suezkanals waren Geschäftsleute, Ingenieure, dann auch Handwerker, Bäcker und Fleischer nach Ägypten emigriert, und es war zur Mode in den bürgerlichen Häusern Triests geworden, die Töchter, ehe man sie verheiratete, als Kindermädchen zu Europäern nach Kairo oder Alexandria zu schicken. Mit den *Slawen*, wie die Ägypter eine Serviererin wie jene Frau in Suez bezeichneten, hatten jene ersten Au-pair-Mädchen der Geschichte allerdings nur wenig gemeinsam. Und doch verband beide der Umstand, dass sich ihr Aufenthalt am Nil ursprünglich der Exaltiertheit der europäischen Hautevolee verdankte.

Jener Jetset (ein Begriff, der damals entstand, wie mein Vater gerne erklärte), zumeist neureiche Industrielle und Händler, wollte nämlich das verschwenderische Leben von Orientalen führen und dabei nicht auf europäische Bequemlichkeiten verzichten. Immer öfter fanden sich die Neureichen in Gesellschaft bemittelter Juden, die sich der antisemitischen Hetze in Europa entzogen, ihren Wohnsitz nach Ägypten verlegten und in jenen Mädchen aus dem Hinterland Triests ihre Vorstellung von modernem Personal befriedigt sahen. Dass alle reichen Abendländer ihre Kinder europäischen Gouvernanten anvertrauten, machte wiederum Eindruck auf die ägyptischen Paschas und Beys, die ohnehin die halbe Zeit in Pariser oder Wiener Palais zubrachten, nun ihre Söhne europäisch erziehen, und ihre Paläste in Kairo oder Alexandria französisch und deutsch einrichten ließen.

Weder Neugierde noch Abenteuerlust, sondern einzig die Armut hatte freilich die Aleksandrinken in den Orient getrieben, sie nämlich dienten als Hausmädchen, Köchinnen oder Gouvernanten. Mit ungebrochener Hartnäckigkeit leugneten die Triestiner Patrizier, dass nicht nur ihr Hauspersonal aus Slowenien und Dalmatien kam, sondern mit dem Zustrom der billigen Arbeitskräfte ihre Stadt längst eine ebenso slawische wie italienische geworden war. Und zu den Mädchen, die in den Kabinetten ihrer Wohnungen untergebracht, oder die sich, wenn sie es noch schlechter trafen, als Straßendirnen in der Città Vecchia gelandet waren, unterschieden sich die Aleksandrinken bloß in gradueller Weise. Die einen verkauften sich in Triest, während die anderen mit den Auswanderern und Abenteurern nach Ägypten gingen, im Hafen von Triest also das Schiff bestiegen, auf dessen Rückkehr ihre Schwestern warteten. Gemeinsam brachten sie dann das bitter verdiente Geld zur Familie, die im Karst dahin darbte.

Manch eine Aleksandrinke schaffte mit einem günstigen Zeugnis aus Kairo den Aufstieg in ein Triestiner Palais, und mit jeder Zurückgekehrten (nicht selten mit einem Baby im Gepäck, und sofern sie nicht nach Amerika weiterging) verwandelte sich die k. u. k. Hafenstadt an der Adria ein wenig mehr in eine orientalisch gefärbte Kultur. Andere junge Frauen hatten es in Ägypten nicht übel getroffen, und da sie in ihren freien Stunden mit engen Kostümen, Strümpfen und hohen Hüten durch die Gassen von Kairo flanierten, den Neid der verschleierten Ägypterinnen auf sich gezogen. Viele von ihnen waren ledige Mädchen, die ihr Kind in Triest zurückgelassen hatten und nun als Ammen in den Harems von Alexandria dienten oder, so es ihnen nicht gelang, einen Ägypter zu heiraten, gar in den Bars landeten. Das Triestiner Mandelgebäck mit Rosenöl jedenfalls, das sich mein Vater stets zu Weihnachten wünschte, barg eine nicht unkomplizierte und durchaus beklemmende Geschichte.

Als k. u. k. Beamter wird mein Großvater das Elend, das in den österreichischen Ländern herrschte, allen möglichen Umständen, nicht aber dem Herrscherhaus zugeschrieben haben. Und sollte er die Gründe dafür geahnt haben, verbot es ihm jedenfalls die Etikette, die Dinge respektlos beim Namen zu nennen. Ihm musste die Welt als natürliche Ordnung von hohen und niederen Ständen erscheinen, in der es zu Wohlstand berufene Menschen und in der es erbärmliches Gesinde gab. Vielleicht hätte er mich, wie hundert Jahre später mein Onkel, beschuldigt die Familie zu diffamieren. Bis heute gilt unter den Zeemans die Regel, man habe nicht auszusprechen, was sich nicht auszusprechen geziemt, und was nicht ausgesprochen wird, ist nicht existent.

Und doch wäre er vielleicht nicht anders als mein Vater heimlich stolz auf mein Beharren gewesen, die Ursachen für das hartnäckige Gefühl der Deplatziertheit zu ergründen, das sich gerade in glücklichen Momenten in mir einstellt. Und hätte es vielleicht im Stillen gutgeheißen, seiner Biographie nachzufühlen, die für mich nicht in das gewohnte Bild eines altösterreichischen Marineoffiziers passen will, war er doch in meinem kindlichen Bewusstsein ein Triestiner Held. Ja, wann immer ich über meinen Großvater nachdenke, kommen mir die großen italienischen Arien in den Sinn, die ich als junger Mann leidenschaftlich mitsang. Absurder Weise stimmte ich stets reflexartig in den Chor der Gefangenen ein (in jene Arie von Verdi, der nach dem Bau des Suezkanals eine Oper für das Kairoer Opernhaus geschrieben hat), und singe wie alle *Italiener*, die gar nicht wissen, was das sein soll, Italien, *Flieg, Gedanke, getragen von Sehnsucht ... lass dich nieder in jenen Gefilden, wo die Heimat unserer Seele ist ... Grüß die heilige Flut unsres Nils, grüße Memphis und seinen Sonnentempel ... lebe wohl, teure Heimat, leb wohl ...*

Die technische Vernunft

Was immer Liborius Zeeman für das Konstruieren von Kriegsschiffen prädestinierte, vermute ich eine Art technischer Vernunft in ihm, die nichtsdestotrotz der Vorstellung eines Schicksals, das dem Leben zugrunde liegt, verhaftet blieb. Ich möchte es ein Festhalten an einer göttlichen Ordnung nennen, in der zwar Gott durch die Natur oder die Logik ersetzt wird, und doch dieser technischen Neigung im Denken das Gefühl der eigenen Schwäche beigemischt bleibt. Einem solchen Kerl ist das Mitleid nicht auszutreiben, in keiner Phase des Lebens fühlt er sich unverletzbar, daher bleibt er vorsichtig und im Grunde demütig. Weil er innerlich schwankt, kann ein junger Ingenieur der Kriegsmarine, der sich den Kopf über neuartige Artilleriegeschütze zerbricht, vom Los einer Migrantin in Suez gerührt sein, ja eine Neigung zu verwundeten Geschöpfen in sich entdecken. Ihn hat die Natur mit günstigen Eigenschaften ausgestattet, und er schlägt sich geschickt durchs Leben, ordnet sich im Zweifelsfall lieber unter als dem aufkeimenden Wunsch nach Einfluss nachzugeben.

Zurück auf der Korvette wird ihn freilich Unruhe über die gemächliche Art, mit der das antiquierte Schiff nach Triest zurückfuhr, erfasst haben. Nach den Monaten der Einschiffung erwartete ihn das geschäftige Treiben der Werft, und auch er wird sich nicht dem berauschenden Stimulus entzogen haben, im Kreise von Auserwählten die Welt in ein neues

Zeitalter zu führen. Ja der Eros des Aufbruchs, ja ein Anflug von Hochmut, der die Männer über den Zeichentischen der Stabilimento Tecnico Triestino erfasste, wird auch vor meinem Großvater nicht Halt gemacht haben, der prometheische Wahn, olympische Schiffe zu bauen, mit denen man pfeilschnell und unverwundbar die Meere durchkreuzen könnte.

Prometheus lebte in Männern wie Siegfried Popper und meinem Großvater erneut auf. Die Ingenieure, stolz auf die technische Revolution, würden es zwar als lachhaft von sich weisen, mit jenem Halbgott der griechischen Sage verglichen zu werden, der den Menschen mit List das Feuer gebracht hatte, dafür von Zeus an einen Felsen gefesselt wird, wo ihm ein Adler täglich ein Stück Leber heraus pickt. Den fortschrittsgläubigen Ingenieur interessieren solche Gleichnisse nicht, wenigstens solange er nicht aus seinem Zirkel heraustreten und über die Folgen seiner Ideenflüge nachdenken muss. Kein Ort der Welt ist innovativer als das militärische Labor, denn nichts beflügelt den Erfindergeist mehr als die Raffinessen des Tötens, Zerstörens, Eroberns. Liborius Zeeman lebte in den Jahren eines epochalen Umbruchs, und wenn es in einem solchen Leben eines bestimmt nicht gab, dann war es Langeweile, vielmehr herrschte Ungeduld, das drängende Gefühl, alles passiere zu langsam und träge.

In den Akten des Beamten im Wiener Kriegsministerium, der die Entwicklung der Marine in Triest protokollierte, stellte sich die Situation gleichwohl anders dar. Für ihn gab es hitzköpfige junge Leute, und zu seiner Erleichterung besonnene und jedenfalls gestandene Herren. Irgendwann würde die Zeit aus den einen die anderen werden lassen, und ein so ehrwürdig alter Staat wie Österreich musste nicht jeden Unsinn, der draußen in der Welt passierte, nachmachen. Dem Beamten bereitete die neue Technik, die in England entwickelt wurde, körperliches Unwohlsein – wo man doch eben erst den zwanzigsten Jahrestag der glorreichen Seeschlacht von Lissa beging, und jedem in Erinnerung sein musste, wie die Marine an diesem 20. Juli 1866 den Reichsitalienern eine kolossale Niederlage beigebracht hatte, zweihundert Seemeilen von Triest entfernt, vor einer kleinen adriatischen Insel, auf der Weintrauben, Zitronen und Johannisbrot wachsen, die Frauen sittsam sind und alle Bewohner katholisch. Hatte nicht diese nach Trafalgar größte Seeschlacht des Jahrhunderts bewiesen, was Schiffe mit Takelage auszurichten vermögen, und hatte nicht die Marine die Reichsitaliener mit Rammstößen nach Ancona zurück geschlagen?

Aus dem Blickwinkel des jungen Schiffbauingenieurs hingegen mussten jene Kasemattschiffe, die vor Lissa gedient hatten und deren Nachfolger im Kriegshafen von Pola vor Anker lagen, ein einziges Ärgernis dargestellt haben. Diese ersten mit Eisen gepanzerten Kähne, mit zentralen Geschützen versehen, waren schwerfällig und langsam. Damit ihre Batterien in Bugrichtung schießen konnten, musste die Bordwand eingezogen werden, und aus ihrem verlängerten Schiffsrumpf ragte ein Rammschnabel nach altrömischem Vorbild. Schon vor Lissa waren die italienischen Schiffe jenen Vehikeln, die sich nicht entscheiden konnten, welcher Zeit sie angehörten, weit überlegen gewesen. Ja schon vor Lissa waren die italienischen Schiffe nach modernsten technischen Grundsätzen gebaut, die Reichweite ihrer Geschütze größer und ihre Geschwindigkeit höher gewesen. Für einen Beamten des Wiener Kriegsministeriums hingegen hatte, womit ein Tegetthoff gesiegt hatte, allemal dessen Nachgeborenen zu genügen.

Vielleicht war es aber nur die drohende Staatspleite, die der Modernisierung der österreichischen Flotte einen Riegel vorschob. Ohnehin mussten die Marineverantwortlichen zu mehr als findigen Methoden greifen, um den reichen Kolonialmächten im Wettrüsten halbwegs Paroli bieten zu können. Während die Engländer Unsummen von Geld in die Entwicklung neuer Schlachtschiffe investierten und längst Geschütze in gepanzerten Drehtürmen anbrachten, muteten die Werften von Triest wie Reparaturwerkstätten an, in denen man aus Altschiffen Vehikel baute, die nach wenigen Jahren abermals verschrottet werden mussten.

Überquerte mein Großvater das Werftgelände, an den Lagerhallen, Kränen und Montagekais vorbei, stolperte er gleichsam von einem Schritt auf den anderen in einen herrschaftlichen Park, ging unter einer Palmenallee auf ein prächtiges Palais zu und gelangte wiederum dahinter zu den alten Fabrikhallen, die an riesige Scheunen auf alten Gutshöfen erinnerten. Er defilierte an der Statue von Erzherzog Maximilian vorbei, grüßte den steinernen Admiral Tegetthoff und auch den Ritter von Romanko, der die ersten eisengepanzerten Schiffe gebaut hatte, und alle Welt in Österreich schien nach rückwärtsgewandt. Im September 1898 aber stellte Siegfried Popper meinen Großvater einem Konteradmiral vor, der die Marine in ein gewagteres Zeitalter führen sollte. Wenige Jahre später, zum Flottenkommandant befördert, leitete jener Rudolf Graf von Montecuccoli den Verkauf der Stabilimento Tecnico Triestino an private Banken ein, um den Bau einer neuen Schiffsklasse finanzieren zu können.

Die zurückgekämmte Stirnlocke, der mächtige Schnurbart und der bauschige Backenbart, die Kaiser Franz Joseph zur Mode gemacht hatte, zierten den Kopf des Grafen. Montecuccolis Auftreten war geschmeidig, und sein Lächeln offenbarte eine nicht unsympathische Eitelkeit. Bei seiner Geburt hatte Modena noch zu Österreich gehört, und obwohl er den Habsburgern gegenüber überaus loyal war, schlug in ihm doch ein italienisches Herz. Er teilte nämlich mit seinen Landsleuten den glühenden Wunsch nach Modernisierung. Die Irredentisten in den Küstenländern vereinte nicht nur ihr *Los-von-Wien*, sie begeisterten sich auch für das futuristische Weltbild der *Reichsitaliener,* liebten wie sie den Erfindungsgeist und das Risiko. Im Königreich Italien waren in kurzer Zeit Industrien entstanden, die den Schiffbau der Österreicher übertrumpften. Montecuccoli wurde nicht müde, vor den Italienern zu warnen. Nur wenige Menschen wären gefährlicher als ein Italiener, der sich ruhig verhält, obwohl er wütend ist, pflegte er zu sagen. Er misstraute den Italienern zutiefst und verhielt sich doch selbst wie einer von ihnen, energievoll, verwegen, voll Auflehnung gegen alle Unbeweglichkeit, dem Ekstatischen und Explosiven zugeneigt. Er verherrlichte den Militarismus, ja den Krieg, den er für die einzige Hygiene der Welt hielt. In Rudolf Graf von Montecuccoli begegnete den beiden Ingenieuren der Italiener, den sie fürchteten und doch insgeheim bewunderten. Und ausgesprochen er, der Graf aus Modena, bestärkte sie im Vorurteil, dass Italien, ihrem aus der Not geborenen Verbündeten, auf keinen Fall zu trauen sei.

Wenn du Frieden willst, bereite dich auf den Krieg vor. Montecuccoli überzeugte die Herren der k. k. privilegierten Österreichische Credit-Anstalt für Handel und Gewerbe davon, die Marine aus ihrer Rolle der Wohlstandseinrichtung zu befreien. Und da die Aktien der Credit-Anstalt inzwischen diversen Privatbanken gehörten, verhandelte er ebenso mit Samuel Moriz von Rothschild, Philipp Gompertz und den Herren der Mendelssohn & Compagnons. Diese hatten bereits die Skodawerke in ihr Konsortium, den einzigen Anbieter von Geschützen im Reich, inkorporiert, ebenso die Witkowitzer Eisenwerke und kauften nun also die Stabilimento Tecnico Triestino auf, womit die gesamte Waffenindustrie der Habsburger Monarchie unter die Kontrolle der Credit-Anstalt geriet.

Nur deswegen konnten Männer wie Siegfried Popper und mein Großvater an Dreadnoughts mit Drillingstürmen experimentieren, an all-big-gun battleships, um die sich die Phantasien aller Marinesoldaten drehten, in jenen Jahren, da die ganze Welt dem großen Krieg entgegenzufiebern begann.

Nicht erst am Ende seiner Laufbahn hielt sich mein Großvater für längere Zeit in Pola, dem heute kroatischen Pula, auf. Seine mehr logistische als technische Rolle in Poppers Team (er avancierte bald zum Bauleiter in den Werften San Rocco und Sant'Andrea) erforderte regelmäßig Aufenthalte im zentralen Kriegshafen der Marine. Pola an der Südspitze Istriens war viel kleiner als Triest, der zivile Hafen bedeutungslos. Und doch dürften gerade die Unruhen in Pola meinem Großvater deutlich gemacht haben, wie explosiv die nationalistischen Kräfte waren, die sich längst auch hinter der kosmopolitischen Kulisse Triests ausbreiteten. In Pola war das alte Österreich bereits in seine nicht mehr ineinander passenden Puzzleteile zerfallen, hier zeigten die gegnerischen Parteien ganz offen die Aversionen, die sie gegeneinander hegten. So wie Triest ein verkleinertes Wien darstellte, war Pola ein Modell für das zerrissene Triest. In Pola sah sich mein Großvater mit den Energien konfrontiert, die eines Tages sein Leben in Triest verunmöglichen würden.

Nach dem Abfall Venedigs von Österreich hatte die Admiralität das ärmliche Pola zur Zentralstation der k. u. k. Flotte ausersehen, und doch war Pola bis zum Bau einer Staatseisenbahn in den 1870er Jahren mit den österreichischen Ländern einzig durch einen Lloyddampfer, der zweimal wöchentlich von Triest kam, verbunden gewesen. Ehe die Marine hier ihren Kriegshafen ausbaute, zählte Pola tausend Einwohner, und weckten vor allem die Malaria- und die Choleraepidemien die Aufmerksamkeit des Wiener Feuilletons. Von einer reichen Kaufmannschaft wie in Triest konnte nicht die Rede sein. In den ungepflasterten Gassen hatten Bauern mit ihren Eseln gehaust, und, da es keine Kanalisation gab, waren die Abfälle aus den Fenstern auf die Gassen geschüttet worden. Noch zur Jahrhundertwende galt Pola als fades Provinznest, in dem der Wiener Adel und das Wiener Großbürgertum auf dem Weg zu den See- und Luftkurorten der Brionischen Inseln gezwungener Maßen Halt machen mussten, um vom Zug auf die Fähre zu wechseln. In Wien nannte man Pola einen schmutzigen gelben Ort, der vor dem Hintergrund der römischen Arena und des Augustustempels (all den Zeugnissen der einstigen Bedeutung von *Pietas Julia* im Imperium Romanum) wie auf einer rissigen schwappenden Leinwand hingemalt wirke.

Indes hatte der Kriegshafen Pola in nur fünf Jahrzehnten zu wirtschaftlichem Aufschwung verholfen und viele Zuwanderer angelockt. Die Stadt zählte inzwischen fünfzigtausend Einwohner, vor allem kleine Gewerbetreibende und Arbeiter, die in der Marinewerft oder den Munitionslagern beschäftigt waren. So wie die altrömische Kolonie das spätere venezianische Pola in seiner Anlage geprägt hatte, kam nun gleichsam aus der Zukunft eine Macht mit Schornstein gekrönten Eisengaleeren und breitete sich in dem Fischerstädtchen aus. Um die gut erhaltenen römischen Anlagen drängte sich der venezianische Stadtkern mit seinen schmalen Gassen, und ein langer Kai säumte das italienische Ensemble. Die Brücke zur kleinen Oliveninsel trennte nun aber den alten Handelshafen vom Kriegshafen der Österreicher, und hinter einer fast zwei Kilometer langen Mauer, die sich dem Molo entlang zog, lag das k. u. k. Seearsenal, ein weitläufiger Park mit Kasernen, Spital, Kirche, Friedhof, Kasino und vielen kleinen Villen. Dieser Borgo San Policarpo glich einer eingepflanzten Kolonie, die separat existierte und doch das Stadtleben prägte. Ein geflügeltes Wort sprach gar von *Due città in una*. Pola, obgleich seit einem Jahrhundert bei Österreich, nahm die Marine jedenfalls als eine Besatzungsmacht wahr.

Auf dem Corso begegnete mein Großvater den Paraden, und auf der Piazza lauschte er der Militärmusikkapelle. Ging ein Kriegsschiff vor Anker, schallten die Signale und Salutschüsse durch die Gassen. Nach österreichischer Manier war der Molo um Verwaltungsgebäude und eine Infanteriekaserne erweitert worden, so dass man die Stadt vom Wasser aus für ein kleines Triest halten konnte. Das Tor, durch das mein Großvater in das militärische Sperrgebiet gelangte, bewachten *Zerberusse*, die jeden streng überprüften, ob er zum ersten Mal vorstellig wurde oder schon seit Jahren ein- und ausging. Hinter den Mauern betrat man eine moderne Stadt, die der ständigen Kontrolle eines Kommandanten ausgesetzt war. Jener *Sonnenkönig* ließ sich mehrmals täglich von zwei Matrosen auf einer Draisine über das acht Kilometer lange Schienennetz chauffieren und kontrollierte Ordnung und Disziplin. Die Polaner verglichen den Borgo San Policarpo mit den Industriezonen Amerikas, so gewaltig waren die großen Kräne, Maschinenhallen, die Trockendocks und Pumpwerke, und so unheimlich die Aussicht, in keinem Augenblick davor sicher sein zu können, bei seiner Arbeit vom Sonnenkönig inspiziert zu werden.

In meiner Vorstellung verlässt nun der Marineoffizier Liborius Zeeman am späten Vormittag das Seearsenal und stolziert über den Molo herauf, mit festem Schritt und gehobener Schulter. Er flaniert zur Via Giulia, geht an den verblassten venezianischen Häusern und dem kleinen Triumphbogen vorbei, hinter dem das Palais liegt, das er drei Mal wöchentlich aufsucht. Um sein Englisch aufzufrischen, nimmt er Unterricht in der Berlitz-Schule. Seine Idee des Staates, von der er durchdrungen ist, nötigt ihm jegliche Pflichterfüllung, Toleranz gegenüber anderen Nationalitäten und die unbedingte Loyalität gegenüber seinem Monarchen ab. In seinem blauen Gehrock, dem Gilet, der engen Hose und der Schirmkappe strahlt er Selbstsicherheit aus. Die Dienstmädchen, mit denen er sich vergnügt, flüstern ihm Komplimente ins Ohr, nicht aber, wie viele hasserfüllte Augen hinter Fenstergardinen seinem Weg folgen. Er weiß von Irredentisten und Aufrührern, fühlt sich aber selbst nicht fundamental in Frage gestellt. Er hält die wachsenden Unruhen für Reaktionen von Verirrten, vergleichbar dem Ungehorsam von Kindern. Und obwohl ihm nicht entgeht, dass ihm seine Wirtin reserviert begegnet, hält der *möblierte Herr* es für nicht möglich, dass die Liebe zu Italien in diesen mediterranen Menschen bis zum physischen Ekel vor Österreichern führen könne (den Nationalitätenstreit verbindet er schließlich nicht mit Abneigung gegenüber den Italienern, sondern mit einer Ungleichheit der Weltanschauungen).

Auch ahnt er nicht, dass ihn der Ire, der in der Berlitz-Schule Englisch unterrichtet, wie alle Österreicher zutiefst verachtet. Bei allem arroganten Getue ist jener überaus geistreich und pariert Widerspruch mit schallendem Gelächter, das mein Großvater nicht für einen Ausdruck von Wut, sondern eines geschmacklosen Amüsements hält. Und wenigstens wird der schnöselige Lehrer hier für den Unterricht besser entlohnt als in Triest.

Unzweifelhaft kam mein Großvater nicht auf die Idee, jener Tutor aus Dublin wie auch dessen Freund, der Triestiner Farbenfabrikant, könnten einmal zu den bedeutendsten Schriftstellern des 20. Jahrhunderts gezählt werden. Und warum hätte auch der junge Romancier, der als Berlitz-Lehrer seine Familie zu ernähren versuchte, den österreichischen Marinesoldaten über seine wahren Empfindungen aufklären sollen! Wahrscheinlich wussten beide nicht einmal, dass sie sich in ihrer Verschmähung von Pola einig waren, und beide höchst unfreiwillig an diesem gottverlassenen Fleck verweilten.

Meinem Großvater wäre bestimmt nicht in den Sinn gekommen, dass Herr Joyce, Bachelor of Arts,

Dottore in filosofia, Pola nicht nur verachtete, sondern für den Inbegriff Österreichs hielt. Ja dass jener Mann Österreich als ein einziges schreckliches Hinterland wahrnahm, bevölkert von ungebildeten Slawen und regiert vom dekadentesten Königshaus Europas. Und das illustre Sprachgenie hätte sich mit allen zur Verfügung stehenden Mitteln dagegen gesträubt, sich meinen Großvater als einen differenzierten Geist vorzustellen, denn alles Österreich galt ihm als das katholische Land schlechthin, als ein Moloch mit hundert Völkern und tausend Sprachen, für den er nur gröbste Missbilligung empfand. Die Flottenstation und mit ihr Pola glich für ihn einem maritimen Sibirien. Wenn auch im Gegensatz zu ihm die Meinung meines Großvaters nicht verbrieft ist, kann ich mir ausdenken, dass Liborius Zeeman einen Sprachlehrer der Berlitz-Schule für einen verkrachten Studenten hielt. Monströs und räuberisch, ja von militärischer Logik bewegen sich die Phantasien des Schriftstellers wie die des Ingenieurs, als sie sich in den staubigen Gassen der Altstadt von Pola, vielleicht auf dem Weg hinauf zum Castell begegnen.

Wer in Pola nicht der Marine angehörte, lebte doch gleich wie die gehassten Soldaten von ihr. Ironischerweise gehörte gerade der Marineoffizier der Welt an, die dem istrischen Städtchen einen Hauch von kosmopolitischer Atmosphäre gab, die Marine verhalf dem Hafenstädtchen zu einer gewissen Weltöffnung. Neben den Italienern bevölkerten nun Tschechen, Deutsche, Ungarn, Franzosen und Engländer die Stadt, und auch die slowenischen und dalmatinischen Arbeiter wurden von den Fabriken der Flotte angelockt.

Den Spitznamen *Gnocchi*, den die Polaner den Österreichern verpassten, wird mein Großvater mit gewissem Hochmut geduldet haben. Die Wut gegen den Vielvölkerstaat ließ sich in diesen Jahren noch als pubertäres Aufbegehren deuten. Mit der neuen Verfassung des Reiches (dem letzten Versuch, den Zerfall der Donaumonarchie zu verhindern) war auch Pola eine autonome Verwaltung zugefallen und regierte ohnehin die italienische Bürgerschaft die Stadt. Und da die Militärs von den kommunalen Wahlen ausgeschlossen waren, lebten sie in einem ärarischen Dorf, und bauten sich, sofern sie verheiratet waren, im *Böhmischen Dörfel* ihr abgelegenes Häuschen.

Seine Freizeit verbrachte mein Großvater fast ausschließlich im Marinekasino. Das Restaurant und das Kaffeehaus, die Lese- und Spielzimmer des Kasinos boten ihm den Komfort einer Kuranstalt, ausgestattet mit dem Luxus von Südbahnhotels. Und wenn die Marinesoldaten auch nach Ständen geordnet an Tischen zusammensaßen (die Offiziere mit Offizieren, die Ärzte mit Ärzten, die Torpedisten mit Torpedisten, und all die Stände wiederum nach Jahrgängen sortiert), gab ihm das im Kasino übliche *Du* das Gefühl, einer nicht nur exklusiven, sondern auch philanthropischen Gemeinschaft anzugehören (in welchen Romanen wenn nicht österreichischen könnte ein Unteroffizier seinen Vorgesetzten mit „Du, Herr Korvettenkapitän“ ansprechen?).

Je unabhängiger sich der Polaner Stadtrat von Wien machte, umso weniger Geld gab die Marine in den Läden, Restaurants und Handwerksbetrieben der Stadt aus, und daher verarmte um die Jahrhundertwende das eben erst zu Wohlstand gelangte Pola wieder. Verschanzt hinter den Mauern des Seearsenals lebte eine geschlossene Hotelgesellschaft, exotisch und bezugslos, wie sich Thomas Mann die venezianischen Gässchen vorgestellt hatte. Und wie die Hotelgesellschaft an der österreichischen Riviera brachte dieser abgeschlossene Ort den Einheimischen Arbeit und trieb sie zugleich ins Elend, da sie sich die steigenden Mietzinsen und Preise für Nahrungsmittel bald nicht mehr leisten konnten. Ebenso wie in Abbazia mangelte es den Einheimischen in Pola an Nahrung und an frischem Wasser, und die jährliche Malariaplage zog wie die Cholera über Istrien hinweg, das derart verarmte, dass viele junge Frauen und Männer nach Amerika und in den Orient auswandern mussten.

In ihren nächtlichen Gelagen kamen die Zeemans zuletzt auch immer auf das *traurigste Kapitel* der untergehenden Monarchie zu sprechen. In Pola brach nämlich ein Konflikt aus, dessen anfangs noch burleske Raufhändel, die er nach sich zog, mit den Worten meines Vaters *die späteren Ereignisse in Triest* zu erklären halfen. Mit dem Ausbau des Arsenals sahen sich die Signori von Pola mit den vielen Zuwanderern konfrontiert und wandten sich angeekelt von den grell farbigen und zerlumpten Gestalten ab, die des Lesens und Schreibens unkundig waren, heftig gestikulierten und in wildfremden Lauten palaverten. Diese in ihren Augen unzivilisierten Slawen hielten sie für die Vorboten der österreichischen Katastrophe. Die sozialdemokratische Arbeiterpartei wiederum, obwohl im Küstenland von Italienern getragen, missachtete den römischen Traum der bürgerlichen Irredentisten und wollte sich nicht von der Donaumonarchie lossagen, sondern diese in einen sozialistischen Staat umwandeln. Ein wahrer Italiener konnte hingegen in den Augen der Stadtherren von Pola nur nationalliberal und bourgeois sein. Die Arbeiterklasse glaubten sie wie den Donaumonarchen von der Seuche des Internationalismus infiziert, ja empfanden beide zu Slawenfreunden mutiert, oder gar selbst zu Slawen degeneriert. Sie erklärten also das Slawentum wie auch Österreich zur Krankheit, die dem Risorgimento des römischen Italien (der Rettung des Abendlandes) im Weg stand.

Besonders mein Onkel zeigte sich über die Vorgänge in Pola bestens informiert (das Dozieren über historische Hintergründe war eine Leidenschaft der Zeemans). Inzwischen hatte die Marineführung Julius Franziskus von Ripper zum Hafenadmiral bestellt, einen bornierten Patrioten, der anstatt sich um einen Ausgleich mit den italienischen Nationalisten zu bemühen, mit autoritärem Gehabe die schwelenden Konflikte nur noch weiter anheizte. Während sich mehr und mehr Schüler und Studenten den Irredentisten anschlossen und mit geschickten Provokationen die Marine desavouierten (bei Konzerten der Militärmusikkapelle pfiffen oder aus den Fenstern *Evviva Istria Italiana* skandierten), marschierten die Arbeiter der Kriegsmarine demonstrativ mit rot dekorierten Fahrrädern zur Kapelle Madonna delle Grazie. Wiederholt drängte Admiral Ripper zur Ausrufung des Staatsnotstandes. Während der Polaner Stadtsenat jeden Versuch unterband, Kroatisch als Amtssprache zu etablieren oder slawische Schulen einzurichten, worauf es bei den Konferenzen zu Tumulten zwischen Italienern und Kroaten kam, warf Ripper der Stadtverwaltung üble Misswirtschaft und die Verstrickung in Mafiakreise vor. Und während der österreichische Statthalter im Küstenland erklärte, Triest gehöre keiner einzelnen Nationalität, worauf ihn die italienische Presse als Roten Prinz titulierte, ließ Ripper Irredentisten für fünf Tage arretieren, und provozierte mit seiner Machtdemonstration wiederum Aufrufe und Pamphlete der Italiener, die dem Kaiser mit Rache und Mord drohten. Ja es verwandelte sich sogar ein Maskenball zum nationalen Bekenntnis.

Und doch dürfte, wie mein Vater gerne einwarf, der junge Liborius Zeeman nur wenig unter der gereizten Atmosphäre gelitten haben. Selbst sein fanatischer Hafenadmiral nannte die mutige Provokation des Polaner Bürgermeisters nicht mehr als ein *Ärgernis*, als sich dieser beim Festakt zur Eröffnung der städtischen Gaswerke geweigert hatte, ein Hoch auf Seine Majestät auszurufen. Ripper war dann auf das Podest gestiegen, um selbst das *Hoch* nachzuholen. Ein solcher Fauxpas wird Anlass zur Empörung wie zum Amüsement gegeben haben, indes werden die Offiziere im Kasino nicht ständig politisiert, und wird sich mein Großvater eher für Turbinenantriebe und neue Stahllegierungen als für Nationalisten interessiert haben. Und selbst ein Zwischenfall wie bei der Premiere der Operette *Wiener Blut* im Theater Ciscutti hatte keine Staatskrise hervorgerufen, wenn auch Ripper tagelang tobte und mit Vergeltungsmaßnahmen drohte, weil ein Schauspieler bei einer Balletteinlage in der Uniform des königlich italienischen Heeres aufgetreten, und im Publikum ein tumultartiger Beifall losgebrochen war.

Vielleicht ist es das Glück der Gegenwart, sich ein Ende nicht wirklich vorstellen zu können, und doch ist es gerade der Verfall, der uns herausfordert oder gleichgültig macht. Mein Großvater tat seinen Dienst, und was das morbide Reich betraf, verdankte er ihm nicht nur seine gehobene Position, sondern auch ein spezielles Memento mori, da der Zyklus eines Jahres in der Donaumonarchie mit derart vielen Festen gesät war, dass in ihm der Untergang und das Feiern zusammengehörten. Übers Jahr brachten die christlichen Feiertage wie auch die Flottenmanöver Abwechslung, dazu im Spätwinter der Fasching, im Frühjahr und im Herbst die Regatten. Man feierte jeden Stapellauf wie auch jeden hohen Besuch aus Wien, und kein Vertreter fremder Mächte, einer Reichsstadt oder eines Vereines, für den man nicht ein Bankett im Marinekasino gab.

Nicht nur die Verwandten aus Graz besuchten uns am Wochenende. Ebenso kamen Couleurbrüder meines Vaters, die für uns Onkel und deren Frauen für uns Tanten waren. Die alten Männerfreundschaften umgaben meinen Vater mit einer monarchischen Aura, und so hielt ich die Zeemans mit ihren richtigen und falschen Verwandten für Adelige. Die Kumpanei aus früheren Tagen (der Studentenverbindungs-Eid der lebenslangen Verbundenheit) gab wohl meinem Vater die Möglichkeit, an das Leben seines Vaters anzuschließen, den er nur aus Erzählungen kannte, weswegen Triest schon für ihn eine Legende darstellte.

Hob mein Vater das Weinglas nach tradiertem Komment, kam das Gespräch bald auf alte Zeiten, und alle konnten sich nun an diesem Punkt der Geschichte, die sich etwa gerade Pola und dem Kriegshafen zuwandte, ausmalen, was für ein Aufatmen es für Liborius Zeeman bedeutet haben muss, vom südlichen Kriegshafen der Österreicher nach Triest zurück beordert zu werden! Ein Koffer und der Seesack sind rasch gepackt, und zog erst die Korvette am Leuchtfeuer des Inselchens Andrea vorbei, und warf mein Großvater einen Blick zur Sternwarte zurück, das weite Meer schon vor sich, musste sich, da alle Spannung von der Brust abfiel, Erleichterung in die Übelkeit des leichten Herzanfalls gemischt haben.

Nach einem Monat Pola erschiene ihm Triest wie Wien. Nichts komme der Beschwingtheit gleich, die mit einer Abreise verbunden ist, und nichts ließe sich mehr genießen als der Abschiedsschmerz, der in seiner Melancholie alles umfasst, was den Ruhelosen aufwühlt und aus der Fassung bringt.

Dem jungen Schwärmer ist es vorbehalten, die Träume in die Wirklichkeit mitzunehmen. Legt sein Schiff endlich in Triest an, entzaubert ihn also das reale Treiben in der Hafenstadt keineswegs, sondern heizt seine Leidenschaft nur noch mehr an. Flaniert er am Teatro Verdi vorbei, sitzt er in Gedanken schon im Parkett und genießt die Musik. Beobachtet er geschäftige Marktfrauen, diniert er bereits im Duchi d'Aosta und liegt beim Blick zu einem verdunkelten Fenster in den weichen Armen einer Triestinerin. Er bewundert die breiten Straßen und die hohen Palais, die Türme und Kuppeln von Triest, wiegt sich mit den Fahnen, die an den Schiffsmasten wehen, und sogar die schwarzen Schwaden, die von den Fabriken aufsteigen, verheißen ihm Glück. Der schrille Lärm erscheint ihm als Herzschlag der modernen Stadt, die weder Tag noch Nacht kennt und ein Leben bedeutet, das immer weitergeht und ständig größer wird, lebendiger und lebendiger, sich unaufhaltsam überall durchsetzt.

So stelle ich mir vor, erst am Morgen nach seiner Ankunft (mit dem süßsäuerlichen Geschmack der Nacht auf der Zunge) salutiert der junge Offizier vor seinem Mentor Siegfried Popper. Beide Männer sind von eher kleiner Statur, schlank, dabei durchaus kräftig, tragen Schnurrbart und grüßen einander nach der Etikette, wie sie unter österreichischen Offizieren üblich ist. Dann bedeutet der Ältere dem Jüngeren mit jovialer Geste, neben ihm Platz zu nehmen und ihm gefälligst alle Neuigkeiten aus Pola zu berichten. Sie sitzen aufrecht in ihren Lehnstühlen, stützen den Arm korrekt auf der Stuhllehne ab, bewegen sich beherrscht, schlagen aber nach einer Weile das Bein über das Knie, und etwas Beiläufiges mischt sich in ihre Bewegungen. Beide rauchen Virginia-Zigarren, wie es ihnen der Monarch vormacht. Verweilt man in ihrer Gegenwart, spürt man bald, wie wenig aggressiv, beinahe gemütlich sie im Grunde sind.

Auf dem Areal der Werft San Marco im Porto Nuovo di Francesco Giuseppe I verbrachte mein Großvater unzählige solcher Stunden mit Siegfried Popper. Für Popper hatte Wien gar einen neuen Offiziersrang erfunden, denn ein General (wenn auch als Ingenieur am Zeichentisch) sollte die Armada bauen, die Österreich unverwundbar mache. Aber schon bevor die Dreadnoughts, für deren Entwicklung Siegfried Popper verantwortlich ist, eines Tages in den großen Krieg geschickt werden, stand sein Name bereits für kühnste Ingenieurskunst. In nautischen Zirkeln gilt sein Schlachtschiff, die Viribus Unitis, bis heute für den Aufbruch in die Zukunft, obwohl die Italiener sie 1918 sang- und klanglos versenkten.

Trotz seiner Stellung, wusste mein Vater, blieb Siegfried Popper zeitlebens ein bescheidener Zeitgenosse, unabhängig in seinen Ansichten und treu seinem Glauben an den Talmud, kümmerte sich wenig um Noblesse und förderte meinen Großvater wie seinen eigenen Sohn. Seine Autorität war eine natürliche (wie organisch gewachsen), und er besaß die Begabung, andere mit seinen Ideen anzustecken.

Ich kann mir den späteren Vormund meines Vaters nur als stattlichen Herrn denken. Sein Haar wird täglich vom Friseur mit Pomade aus der Stirn gekämmt und sein Schnurrbart gestutzt, doch ist er ein wenig ungeschickt und umständlich, wie es Junggesellen im Allgemeinen sind. Vielleicht kommt er morgens mit verrutschter Fliege ins Büro, macht zu viel Aufsehen wegen eines verlegten Papiers oder kann der Schilderung seines Gegenüber nicht bis zum Ende zuhören, ergreift um einen Deut zu früh das Wort und redet wiederum selbst zu lange und ausführlich. Obwohl sehr sympathisch, ist er ein wenig unhöflich, kann seine Ticks nicht immer kontrollieren. Das Leben ohne Familie macht ihn unflexibel, er hat seine beste Zeit als Student in sich eingefroren. Zweifelsohne ein charismatischer Mann, von außergewöhnlicher Überzeugungskraft, mag doch ein Teil seiner Psyche nicht wirklich erwachsen geworden sein.

Wie auch mein Großvater dürfte er als potentieller Ehemann attraktiv gewesen sein, beide werden aber auf Frauen beunruhigend gewirkt haben. Ihre Junggesellenmanier wie ihr militärischer Drill stellten eine Art von Zuflucht vor der bürgerlichen Welt dar. Mein Großvater mag sich weder besonders als Techniker hervorgetan noch als Soldat geeignet haben, und war doch der ideale Adjutant an der Seite eines militärischen Visionärs. Als ein universeller Pragmatiker ist Liborius Zeeman zu denken, der seine Gefühle zurückhalten kann, aber, sobald die Dinge in geordneten Bahnen laufen, recht kauzige Phantasien hervorkehrt und ein Verständnis, wenn nicht gar eine Neigung zu den dunklen Seiten des Lebens entwickelt.

Auf ungewöhnliche Weise ergänzten sich die beiden Charaktere, denn es war der Jüngere, der mäßigend wirkte. Legte Popper wie an diesem Morgen meinem Großvater seine Pläne einer neuen Schlachtschiff-Klasse dar (die dieser wiederum an Montecuccoli weiterleitete), kam er leicht ins Schwärmen und vergaß dabei die Fallen, die hinter den Beamtenschreibtischen in Wien, aber auch im Triestiner Stadtrat lauerten.

War Popper ein Mann mit überbordendem Erfindergeist, erwies sich mein Großvater trotz seiner Jugend als abgeklärter Stratege. Und so machte Liborius Zeeman vielleicht an diesem Morgen einige Vorschläge, wie in den Cafés und Salons ein Stimmungsumschwung gegenüber der Stabilimento herbeizuführen sei. Die Werft San Rocco lag in der Bucht von Muggia, einige Kilometer von Triest entfernt. Um etwas gegen die aufkeimenden Unruhen in den Elendsvierteln zu unternehmen, würde es sich als geschickt erweisen, die Arbeiter auf Werftkosten aus den Stadtquartieren zur entlegenen Fabrik zu bringen und ihnen damit ein wenig Erleichterung zu schaffen. Den Triestiner Patriziern wiederum ließe sich damit an den Wochenenden eine Bequemlichkeit für ihre Ausflüge und Picknicks bieten. Auch wäre es sinnvoll, die Manufaktur von Sant'Andrea unweit des alten Hafens anzukaufen. Als moderne Werft genützt, würde sie ein deutliches Zeichen der Umwandlung Triests in eine Industriestadt darstellen, und wenn sich nun das Vorstadtviertel San Giovanni in Richtung Zentrum ausbreitete, verwandelten sich die in die Stadt drängenden Arbeiter notgedrungen zu Triestinern; so avancierte hiermit die Stabilimento Tecnico zu einem Mitgestalter der Planung einer Stadt des zwanzigsten Jahrhunderts.

In den folgenden Jahren richtete die Stabilimento einen regelmäßigen Fährdienst zwischen Triest und Muggia ein und heimste dafür höchstes Lob ein. In den Marineakten jener Jahre ist die organisatorische Intelligenz des Liborius Zeeman des Öfteren vermerkt, auch wird der Umstand erwähnt, dass er unter den Werftarbeitern ein beliebter, weil vorurteilsloser Vorgesetzter war.

An diesem Morgen mag mein Großvater auch von seinem Aufenthalt in Fiume Bericht erstattet haben. Dort hatte er die *Silurificio Whitehead* besucht und die neuesten Torpedos besichtigt, Unterseewaffen, die sich nach dem Abschuss mit eigener Kraft fortbewegen. Diese Idee des österreichischen Fregattenkapitäns Blasius Luppis verlieh den Seeschlachten eine neue Dimension, da von nun an Angriffe aus den Tiefen des Meeres möglich wurden. Für die Auslegung der neuen Schlachtschiffe waren die Torpedos ein wichtiger Maßstab.

Das erste in solchen Dimensionen gebaute Schiff wird zwar erst 1906 in England vom Stapel gehen (und als HMS Dreadnought der ganzen Schiffsklasse ihren Namen verleihen), die komplizierte Periode technischer Planung und bürokratischer, politischer und geheimdienstlicher Konflikte war aber zu Silvester 1899, das ein folgenreiches Jahrhundert beschloss, längst im Gang.

Neben der Entwicklung von U-Booten und Torpedos zielte das Wettrüsten jener Jahre auf den Bau von Großkampfschiffen mit drehbaren Kuppeln, deren Geschütze nach allen Richtungen schießen könnten, und mit jenen *Dreadnoughts* verband man in allen Seefahrtsnationen den Namen Siegfried Poppers. In den Jahren, als mein Großvater zwischen Triest und Pola hin- und herpendelte, waren die Vorbereitungen auf den großen Krieg in Europa, Japan und Amerika voll im Gang, und wer immer an neuen Waffensystemen arbeitete, wusste sich im Fokus nachrichtendienstlicher Beobachtung. Vermutlich ergänzten sich Popper und Liborius Zeeman nicht nur charakterlich, sondern verband sie eine Geisteshaltung, die prägend für die Seekriegsstrategie der Österreicher werden sollte. Die Ära der Seeschlachten mit Schiffen, die wie auf Zielscheiben aufeinander schossen, gehörte für sie der Geschichte an. Mit Poppers kühnen Plänen um turbinengetriebene Großkampfschiffe hoffte Montecuccoli nämlich, offene Seeschlachten vermeiden zu können, hiermit eine Art totalen Krieg zur Vermeidung von Kampfhandlungen möglich zu machen. Die gewaltigen Schiffe würden im Hafen liegen und ob ihres enormen Zerstörungspotentials den Gegner vom Angriff auf die österreichische Flotte abhalten. Der Krieg durch Abschreckung sollte den bestehenden Frieden sichern und die Welt, wie sie ist, als die einzig mögliche fortbestehen lassen. Dazu bedurfte es eines Kriegstheaters, das wie echt erscheint. Die österreichischen Dreadnoughts mussten sich als die entsetzlichsten darstellen, daher tatsächlich die fürchterlichsten sein.

Aus jener Zeit ist eine kleine Filmsequenz erhalten, über deren Herkunft die Zeemans beinahe so kryptisch wie über die ganze Person meines Großvaters redeten. Nach ihren Schilderungen war der Film in England gedreht worden, aber wenigstens wir Kinder bekamen ihn nicht zu Gesicht. Auf dem vergilbten Schwarzweiß-Streifen sind mein Großvater und Siegfried Popper zu sehen, einmal stehen sie stramm nebeneinander (die einzigen Regungen kommen von den *springenden* Bildern), das andere Mal überqueren sie marionettenhaft den Hof der *W. G. Armstrong, Mitchell & Co.* Werft in Newcastle upon Tyne (wie ein Zwischentitel erklärt). Diese Stadt im Nordosten Englands, so mein Onkel, der ein Redemonopol in Bezug auf die englischen Jahre meines Großvaters besaß, geht auf eine römische Festung entlang des Hadrianwalles zurück, war im Mittelalter ein normannisches Kastell, und ist seit dem 16. Jahrhundert so sehr mit der Verarbeitung von Kohle verbunden, dass *To Carry Coals to Newcastle* das englische Pendant zu *Eulen nach Athen tragen* ist. Neben Automobilen, Flugzeugen, Lokomotiven und Waffen produzierte der *W. G. Armstrong, Mitchell & Co* Konzern Kriegsschiffe und führte als Kunden neben der englischen auch die norwegische, italienische, osmanische, russische, japanische, US-amerikanische, chilenische, argentinische, brasilianische und eben auch die österreichische Marine. *W. G. Armstrong, Mitchell & Co.* baute Torpedoboote und vor allem Dreadnoughts.

Alle Überlegungen bezüglich des Materials, der Form, der Energiequellen und der Kampfkraft dieser Schiffe drehten sich darum, ein gepanzertes Waffenarsenal zu schaffen, das Angst und Schrecken verbreiten würde. Es sollte unangreifbar sein, sogar Torpedos abwehren und zugleich alles, was ihm im Weg steht, ausschalten können (das erste Dreadnought in England verfügte über zehn Geschütze in fünf Doppeltürmen, davon standen drei mittschiffs und jeweils einer seitlich der Aufbauten, so dass vier Türme auf dasselbe Ziel feuern konnten, und hatte zweiundzwanzig Geschütze zur Torpedoabwehr).

Seit der Jahrhundertwende tobten Kriege zwischen Spanien und Amerika, dann zwischen Russland und Japan, und rund um den Globus versuchten Ingenieure die richtigen Schlüsse aus den Meldungen um jedes versenkte Schiff zu ziehen. Die Namen der Schiffkonstrukteure, ob Sir William White in England, Benedetto Brin in Italien oder eben Siegfried Popper kursierten wie jene großer Kriegsherren, und die Debatte, ob es vieler kleiner und verteilter oder weniger großer und zentraler Geschütze auf einem modernen Panzerkreuzer bedürfe, erhitzte die Gemüter aller Marineingenieure.

In jenen Jahren erhielt mein Großvater eine Reihe von Auszeichnungen und Verdienstmedaillen, darunter den Franz-Josef-Orden, den der Monarch an Offiziere aus den unteren Schichten verlieh und ihnen damit das Recht einräumte, an den Hoffestlichkeiten teilzunehmen. Auch wurde er mit dem russischen Sankt-Stanislaus-Orden ausgezeichnet. Eine lobende Erwähnung erfuhr er auch durch Robert Whitehead. Jener Ingenieur aus England, der in Toulon, Mailand und im Österreichischen Lloyd in Triest gearbeitet hatte, war in Fiume sesshaft geworden und hatte dort die schon erwähnte Werft für Torpedos errichtet. In den späten 1890er Jahren verlegte er einen Teil der Produktion nach Portland Harbour, um neben den Österreichern auch die Engländer mit der neuen Wunderwaffe beliefern zu können. Seine Enkeltochter heiratete einen angehenden Fregattenkapitän aus Dalmatien, jener Georg Ludwig Ritter von Trapp sollte im Ersten Weltkrieg zu einem gefeierten U-Boot-Kommandanten avancieren. Robert Whitehead kannte alle Finessen der Täuschung, ließ sich mit einem Torpedo fotografieren und zeigte stolz aller Welt die neue Bedrohung für Schiffe. Mit diesem Foto bewies er ihnen aber auch, dass das Loch im Stahlmantel, das zu sehen war, nicht groß genug hätte sein können, um einen Einblick in das Innere der Bombe zu bekommen, ja dass sich, ob sie es nun verstanden oder nicht, die Geheimnisse der Zerstörung nicht im Anschaulichen zeigen.

Auf der Werft

Wann immer ich als junger Mann nach meiner Herkunft gefragt wurde, erklärte ich übereifrig, mein Vater sei der Bauern- und Bergarbeiterarzt des Dorfes gewesen und habe allen Bedürftigen selbstlos geholfen. Beflissen wies ich auf seinen Lieblingsschriftsteller hin, den schottischen Arzt Archibald Joseph Cronin, dessen lebensnahe Romane ich als Beweis dafür nannte, wie großherzig ein Mensch trotz seiner privilegierten Stellung sein kann. Ja ich rechtfertigte meine bürgerliche Herkunft mit dem guten Menschen, als den ich meinen Vater darstellte. In meinen Plädoyers hatte er es verstanden, mühelos zwischen den Milieus hin und her zu wechseln. Sein Weltbild war ständisch geprägt, und doch empfand er ein ausgeprägtes Mitleid mit Schwächeren. Saß er im Wirtshaus mit Bergleuten zusammen, lauschte er mit Demut ihren tristen Lebensgeschichten, am Morgen danach legte er dann sein rot-schwarz-goldenes Couleurband an und fuhr nach Graz, um mit seinen Cartellbrüdern die gesellschaftliche Elite, der er angehörte, als eine von Gott Gewollte zu beschwören.

Ob es einen tieferen Grund für dieses Verhalten gab, interessierte mich wenig, mir erschien sein doppeltes Gesicht natürlich. Mein Stolz auf die Triestiner Familiengeschichte paarte sich mit der Einsicht, dass das Glück äußerst prekär ist. Mit erhobenem Zeigefinger hatte mir mein Vater oftmals bedeutet, mich nicht zu Hochmut hinreißen zu lassen. Eine gewisse

Begabung, sich mit dem Vorhandenen zu begnügen, entsprang dabei nicht etwa Bescheidenheit, vielmehr konnten die Zeemans mit ausgestellter Noblesse dem Luxus entsagen, weil sie eine Art aristokratische Einsamkeit in sich verspürten und, sobald sie in Bedrängnis gerieten, in die glanzvollen Jahre meines Großvaters abtauchten.

Zwei meiner Brüder wurden Ärzte. Eine Stationsschwester, die ich aus dem Dorf kannte, schilderte einmal, wie mein Bruder am Bett todkranker Patienten hocke und ihnen die Hand halte. Mich verwunderte das nicht, ich hielt das für selbstverständlich. Zugleich wusste ich, die Zeemans konnten ebenso gütig wie unaufrichtig sein. Kürzlich fand ich in der k. u. k. Dienstakte meines Großvaters unter *Eigenschaften des Charakters, Geistes und Gemüthes* den Vermerk: *Lebhaft, offen, geistig sehr gut veranlagt, wache Auffassung, gutes Gedächtnis, gesellige Natur, bei Untergebenen sehr beliebt.* Dabei wäre ich höchstwahrscheinlich einem Mann begegnet, der in Gesellschaft charmant, und zu Hause mürrisch ist. Im einen Augenblick empfindet er eine unbändige Erregung und im nächsten eine dumpfe Niedergeschlagenheit. Ja ich hätte einen Menschen vor mir, der das Gefühl nicht loswird, nur Treibholz im Meer zu sein, und trotzdem dem Schicksal ein Schnippchen zu schlagen bereit ist.

Um dieser Schwäche, die sich als Stärke gebärdet (warum ein Mensch mehr Mitleid mit allen Kreaturen als mit sich selbst haben kann), auf die Spur zu kommen, mache ich an einem bestimmten Zeitpunkt der Karriere meines Großvaters in Triest Halt. Es ist ein taufrischer Morgen des Jahres 1902, an dem er auf dem Gelände der Stabilimento im Porto Nuovo di Francesco Giuseppe I anlangt, um eine außergewöhnliche Order entgegenzunehmen. Der Ingenieur in ihm wird bis zu dieser Stunde nie daran gedacht haben, zum Krisenmanager zu avancieren, und doch kann ich mir vorstellen, wird er ohne zu zögern diese Herausforderung angenommen haben. Vielleicht fühlte sich mein Großvater an diesem Morgen sogar dazu berufen, seinen Vorgesetzten aus dem Schlamassel zu ziehen.

Er war eigentlich im Astronomischen Observatorium auf dem Burgberg San Giorgio angemeldet, und wollte in der Nautischen Akademie Karten sichten. Der Direktor der Stabilimento beorderte ihn aber per Telegraf zu sich ins Büro. Der Dringlichkeit wegen fuhr er also mit der Pferdekutsche zur Werft Sant' Andrea, in seinem Schnurbart hingen noch der Zigarrenrauch und Geruch feinen Cognacs, den er am Vorabend im Offizierskasino geschlürft hatte.

Von einer geputzten Mauer umgeben, hätte man die schönbrunngelben Werfthallen mit ihren schmucken Fenstergiebeln und eleganten Flachdächern auf den ersten Blick für fürstliche Stallungen halten können. Dazwischen drehten die langen Arme der Kräne ihre Kreise, vom höchsten am äußersten Pier überragt, einem metallenen Skelett, das dem Schnabel eines riesigen Vogels glich und geradezu dem Himmel zu drohen schien. Zum tiefen Wasser hin waren Gruben ausgehoben, gewaltige Detonationen hatten die Ölhaine von San Giovanni auseinander gerissen, und nun führten Bahngleise zu den derart geschaffenen Montagekais. Dort lagen riesige Schiffsbäuche, Metallkolosse, an denen verschiedene Gerüste und Kräne klammerten, und eine Unzahl von Arbeitern hämmerten und schraubten und bohrten daran. Aus den Schornsteinen stiegen dicke Rauchwolken, und nichts, kein Fensterglas, kein Grashalm und keine Möwe, die hier nicht öligen Ruß auf sich trugen, und niemand, der im ohrenbetäubenden Lärm nicht schreien hätte müssen, um sich nur irgendwie verständlich zu machen.

Auf bedrückende Weise imposant war auch das Halleninnere, in dem es dampfte und vor Hitze kochte, ein düsterer Raum, überfüllt mit Förderbalken, Hebebühnen, Verladebrücken, Greifzangen, Hämmern, Ambossen, Gussformen und Fässern. Hier mochte der Schmied Hephaistos herrschen, der ruhmreiche Hinkefuß, der sich – oftmals geschmäht – listig an seinen Schmähern zu rächen versteht. Wie jener mythische Schmied waren auch die lungenkranken und halb tauben Männer, die in der Halle schufteten, eine wachsende Gewalt. Ob Gelbgießer, Former, Kupferschmiede, Nieter oder Bohrer, würden sie sich eines Tages als die ultimative Kraft begreifen, die nicht nur die technischen Wundertaten mit ermöglichte, sondern dazu berufen wäre, die Herren der Fabrik zum Teufel zu jagen.

An jenem taufrischen Morgen betrat mein Großvater das Büro des Stabilimento-Direktors und wurde von diesem über eine explosive Situation unterrichtet. Gustav von Schulhaus hatte einst mit Siegfried Popper das Polytechnikum in Prag besucht und von diesem empfohlen bekommen, Liborius Zeeman mit der heiklen Aufgabe zu betrauen. Die Bohrer der Werft waren in den Aufstand getreten, und Montecuccoli wollte die Meuterei nicht mit Waffengewalt niederschlagen lassen. Für das Direktorium der Stabilimento, in der Mehrheit Triestiner Patrizier, war aber bereits die Andeutung eines Kompromisses mit den slawischen Arbeitern ein Affront. Und wenn nun mein Großvater das Streikkomitee zum Einlenken bewegen sollte, fiel ihm nicht nur eine schwierige Aufgabe zu, sondern er geriet in eine Situation, in der er sich selbst als ein Medium der immer wiederkehrenden menschlichen Tragödie wahrnehmen musste. Sein Auftrag verschmolz mit der Aussichtslosigkeit dieses Morgens, und wenn auch seine Bewegungen Anzeichen von Panik zeigten, dachte er doch kühl und kalkulierend, und während seine Augenwinkel zuckten und seine Hände unwillkürlich ausschlugen, ging er zugleich neugierig und gelassen ans Werk.

Einst selbst Offizier der k. u. k. Marine, war Gustav von Schulhaus vor einigen Jahren in den Zivilstand übergetreten, um in der Stabilimento Tecnico Triestino anzuheuern. Diesen Wechsel in die private Schiffsindustrie legte die k. u. k. Marine seinen loyalsten Ingenieuren ans Herz und wollte damit auf das italienisch dominierte Präsidium Einfluss nehmen. Die Stabilimento, von Irredentisten geführt, lebte von den Aufträgen aus Wien und ließ seine Schiffe von slawischen Arbeitern bauen. Wenn aber die Triestiner Herren mit ihren Zylindern die Hallen betraten, um sich ein Bild von der Arbeit zu machen, flogen ihnen Kartoffeln um die Ohren. Da Schulhaus beklagte, die Verhältnisse wären trostlos und machten jede Planung illusorisch, bekam er von den Italienern zur Antwort, es handle sich um die Sabotage slawischer Terroristen – während Montecuccoli eine bestimmte Genugtuung darüber äußerte, in Triest drohe mit Sicherheit keine organisierte sozialistische Gefahr zu entstehen. In einer Stadt, in der sich nationale Fanatiker gegenüberstanden, würden sich Gewerkschaften schwer etablieren können.

Das Streikkomitee hatte Schulhaus Günstlingswirtschaft vorgeworfen, und er dies mit Entlassungen quittiert. Der Ziegel, der daraufhin einen unliebsamen Bauleiter am Kopf getroffen hatte, lag nun auf der kleinen Kommode neben dem Schreibtisch, und der entnervte Schulhaus äußerte sich entsetzt über den Hass auf die österreichische Ordnung, der sich in der Werft breitmache.

Schon seit den 1880er Jahren sah sich die Stabilimento mit einem Kleinkrieg *direkter Aktionen* konfrontiert. Als einmal ein Arbeiter einen dänischen Ingenieur und dann sich selbst niedergeschossen hatte, waren beim Begräbnis des Attentäters tausende Werftarbeiter dem Sarg hinterher marschiert und hatten ihn als Opfer bürgerlicher Niedertracht betrauert. Und auch der Tag, an dem nicht nur ein *Unteroffizier des Kapitals*, sondern gar ein Werftdirektor von einem entlassenen Arbeiter totgeprügelt würde, sollte nicht allzu fern sein.

Wenn nun meinem Großvater an diesem Morgen des Jahres 1902 eine beachtliche Intervention gelingen, und er in den folgenden Jahren bis in höchste Positionen der Stabilimento aufrücken sollte, wird sein beständiger Verdienst wohl weniger darin bestanden haben, die Gewalttaten verhindern zu können, als vielmehr darin, sich selbst heil aus der Affäre zu ziehen. Immerhin gelang es ihm, die streikenden Bohrer zur Wiederaufnahme der Arbeit zu bewegen, und dass Schulhaus nach der Beruhigung des Aufstandes zu einer Reorganisation der Stabilimento ansetzen, den Bau von Benzinmotoren und Dampfturbinen forcieren konnte und schließlich zum Generaldirektor aufstieg, verdankte er nicht zuletzt dem beachtlichen Verhandlungsgeschick des Liborius Zeeman.

In jenen Gründerjahren der Industrie entwickelte auch die Fotografie ihre Macht. Fotografen bauten ihre Plattenkameras im Hafen von Triest auf und schossen Bilder des slowakischen Roma, der mit mächtigem Schnauzer und Ohrring, lederner Hirtenjacke und Schlapphut, bepackt mit geflochtenen Körben, zwischen Börsianern und Versicherungsagenten, Offizieren und Schulfräuleins mit seinem Flötenspiel um Aufmerksamkeit buhlt. Den Dalmatiner zeigt der Fotograf beim Kohlenschaufeln im Hafen, dabei singt er ein Lied, wie er es bei der Ernte auf dem Weizenfeld gewohnt war. Er wird sich um bessere Arbeit in der Werft bemühen, um ein *wahrer* Triestiner zu werden, dann nicht mehr die Nächte auf einer Bahnhofsbank, sondern in einer Baracke in San Giovanni oder Servola verbringen. Auch die Einwanderer aus dem Orient bildet der Fotograf ab, wie sie vor dem Hintergrund dampfender Ozeanriesen ihre Teppiche auf der Mole ausrollen, und, eingemummt im Kaftan, den Turban auf dem Kopf, Melonen, Gewürze und getrocknete Früchte feilbieten. Selbst das Elend in San Giovanni wird ihm zum Motiv, eine Kinderschar unter einer Bettdecke, die im Eck eines kahlen Raumes friert, oder sich mit ihrer Mutter um den kleinen Kohlenofen schart, in Kellerlöchern ohne Licht, die auf morastige Gassen hinaus führen, stinkende Pfützen, durch die Männer von der Werft zurückkehren, und Frauen und Kinder hungrig herum lungern.

Aber auch die Herren in feinen Anzügen posieren dem Fotografen, nehmen im Salon Aufstellung und blicken stolz in die Linse. Es sind die feinen Hölzer aus Übersee, die dabei ins Auge stechen, der Anklang kolonialen Stils, der in Triest Einzug nimmt; die Karaffe mit dem Rum aus Zuckerrohr, der Ventilator im tropischen Stil, die den Männern einen mondänen Charakter verleihen. Und wenn es auch kein Dokument gibt, das meinen Großvater an jenem Morgen im Jahr 1902 auf seinem Weg zur Bohrerhalle der Werft Sant' Andrea zeigt, lässt sich doch festhalten, ein Mann in Uniform ging auf einen Mann im verrußten Overall zu, und man könnte auf dem Foto nicht ausmachen, wer von den beiden sich unwohler in seiner Haut fühlte.

Auf einen fanatischen Ingenieur, der sich den Gesetzen des Kapitals verbunden fühlt, hätte das aussichtslose Beharren der Arbeiter auf Zeiten, die der technische Fortschritt gerade hinweg fegte, nur abstoßend gewirkt. Sannen seine Herren in der Vorstandsetage mit dem Rechenstift über die Gewinn-Maximierung nach, käme dies seinem unbändigen Ehrgeiz auf Erfindungen entgegen, und dass sich diese ungebildeten Handwerker gegen automatische Werkzeuge sträubten, konnte in ihm nichts als Verachtung gegenüber dem rückständigen Volk wachrufen.

Jene geschundene Kreatur nämlich, der mein Großvater gegenüberzutreten hatte, hing lieber dem alten Handwerk nach als sich dem Zwang der Maschinen zu unterwerfen. Vielleicht wollte er für die Gießer und Kesselschmiede einen Minimallohn für den Akkord oder eine Abschaffung der Sonntagsarbeit fordern, und ihn bewegte jedenfalls die Angst, nicht mehr der Schiffbauer würde künftig die Bleche behauen, und der Nieter durch pneumatische Maschinen ersetzt werden.

Von Schulhaus hatte mein Großvater den Streikenden auszurichten, sie müssten sich den neuen Arbeitsmethoden *akkomodieren*. Es ginge nicht an, dass sich die Masse der Arbeiter nicht zum kürzeren, aber intensiveren Dienst bewegen lasse und sich nicht den Bedingungen des Stücklohns füge.

Versetzte sich Liborius Zeeman in die Trägheit menschlichen Denkens hinein, in jene ängstliche Überzeugung, dass aus dem kleineren Übel stets nur noch größeres erwächst? Oder hielt er ihnen entgegen, dass, was einmal in die Welt gesetzt ist, nicht mehr wieder wegzudenken ist? Wahrscheinlich machte er sich keine Illusionen, und vielleicht verstand er es, diese bittere Erkenntnis an andere weiterzugeben ohne verletzend oder gänzlich desillusionierend zu wirken. Die Triestiner Werftarbeiter hatten nicht erlebt, wie die Schiffszimmermänner vor nicht einmal fünfzig Jahren bedeutungslos geworden waren. In Triest stellten sie selbst den Anfang des Schiffbaus dar, denn erst mit den Eisenhütten waren hier größere Werften entstanden.

Ich vermute, mein Großvater hat an diesem Morgen nichts Außergewöhnliches getan, sondern schlicht den aufgebrachten Arbeitern zugehört. Nur selten dehnten sich die Streiks und Sabotagen einmal auf eine andere Werkstatt aus. Kurz zuvor aber hatten Schmiedehelfer die Stromzufuhr gekappt, einige Lampen und Fenster zerstört und danach die Werft verlassen, woraufhin ein gewisser Fernando Camber von der Polizei in Arrest genommen worden war. Auf den Wänden der Bohrerhalle stand nun mit Kreide geschrieben, „Wir arbeiten nicht mehr, bis Camber frei ist!"

Wie kann man festhalten am Leben, das abzubrechen droht und sich doch nur verändert? Als Maschinenstürmer? Mein Großvater mochte an diesem Punkt seines Lebens verstanden haben, wie zugleich betörend und unwichtig sein technischer Traum war. Mein Vater wusste das. Einmal sagte er, er hätte nicht in Graz ordinieren und sein Leben mit Schreibarbeit verbringen wollen. Ich rede nicht von Märtyrern und nicht einmal von selbstlosen Männern. Kein heroischer Akt, der meinen Vater in unser Bauern- und Bergarbeiterdorf gehen ließ, und keiner, der meinen Großvater an diesem Morgen im Jahr 1902 ausgezeichnet hatte, nur etwas wie ein Anflug von Mitleid.

In gebrochenem Triestiner Dialekt hatte ihm ein Arbeiter von den Kroatinnen erzählt, ihren Trachten, den weißen Leibchen, schweren Strümpfen und schmucken Rockaufschlägen, schön anzusehen, wenn sie nach der Sonntagsmesse auf dem Kirchplatz in San Giacomo beieinander standen. Es wäre nicht ihre Schuld, wenn sie anderntags auf der Piazza della Legna herumlungern, zerzaust und verstört, die Weinflasche schwenken und fluchen. Unterhalb des Hügels, dort wo ein kleines Dorf war, taucht die große Eisenhütte die Arbeiterbaracken Tag und Nacht in dichten Qualm. Feuerzungen und Lichtblitze kommen aus dem Hochofen, als sei ein Vulkan an der Küste erwacht. Dass die Frauen ihre unehelichen Bastarde meist nicht großziehen müssen, liegt an der Cholera, dem Typhus und der Tuberkulose, die jährlich die Gassen von Servola heimsuchen. Diagnostizieren die Ärzte an den kleinen Leichen eine angeborene Schwäche, kaschieren sie damit den Hungertod, den niemand gern in den Mund nimmt. Die einen laufen im Winter barfuß zur Schule, die anderen bleiben daheim und verkriechen sich im Bett, unter einem Menschenhaufen, rotten sich unter der einzigen Decke zusammen, um nicht zu erfrieren. Kein Vater, der die Kohle bezahlen könnte, und eine Mutter, die erst abends ein bisschen Brot bringt, nachdem sie durch die Gasthäuser zog, Musik machte und all das, was die Männer gegen ein paar Heller gerne tun.

Wenn auch der Schmiedehelfer Camber noch am selben Tag aus dem Arrest entlassen wurde, und daraufhin die Bohrer ihre Arbeit wieder aufnahmen, würde doch kaum eine Woche in der Werft Sant' Andrea vergehen, da nicht wieder eine Werkstatt in den Aufstand trat. Eine Art motorische Lähmung prägte den Alltag der Stabilimento Tecnico Triestino. Gustav von Schulhof pflegte die trostlosen Arbeitsverhältnisse zu beklagen, die ihm wertvolle Zeit rauben würden. In den Hallen regierten die Werkmeister, setzten willkürlich Akkordlöhne fest, begünstigten und entließen Arbeiter ganz wie es ihnen beliebte. Und da es laufend zu Gewalttätigkeiten kam, musste mein Großvater immer wieder seinen Zeichenstift niederlegen, über den Hof marschieren und die Eskalation verhindern versuchen.

In Pola wiederum erlebte Liborius Zeeman mit, wie die Generalstabsoffiziere ihre Sträuße ausfochten, aus gegenseitiger Antipathie und doch auch stellvertretend für die ratlose Situation, in der sich Österreich befand. Zitierte der eine den anderen wegen jeder Kalamität zu sich, schickte der Malträtierte Beschwerdebriefe an die Marinesektion nach Wien, und setzten sich damit beide in eine Pattstellung. Die nicht enden wollenden Konferenzen, an denen mein Großvater teilnahm, fanden in der Hafenadmiralität von Pola statt. Von einer zur anderen Besprechung sollte Siegfried Popper die Anordnung der Türme auf den geplanten Dreadnoughts ändern. Während sich Montecuccoli für staffelförmig angeordnete Geschütztürme aussprach, plädierte der Vizeadmiral für Geschütze in der Kiellinie, beide für fünf, hingegen Hafenadmiral Ripper für drei. Und als man vom französischen Plan erfuhr, zwei Drillings- und drei Doppeltürme zu bauen, legte Montecuccoli Pläne für einen Turm mit bisher unvorstellbar großen Geschützen vor. Schließlich erging die Order an Popper, einen einzigen Drillingsturm zu entwerfen, was wiederum ob der vorgeschlagenen Geschütz-Dimensionen als riskant galt, und wozu Montecuccoli noch endgültig überredet werden musste.

Das Leben eines Marineoffiziers in Triest können wir uns durchaus *pläsierlich* vorstellen. Zu den angenehmsten Stunden zählten jene auf See, wenn das Flaggenschiff von Pola nach Triest zurückkehrte. Ein Heißluftapparat war auf dem Schiff installiert worden, zur Linderung rheumatischer Beschwerden waren die Wärmebehandlungen sehr begehrt, und in der Kapitänskabine warteten Tee, Kuchen und Likör.

Feste an Bord stellten überdies eine willkommene Abwechslung dar. Es musste nicht ein Besuch aus Wien sein, der ein Diner auf dem Flaggenschiff nach sich zog, auch kleine Fest-, Geburts- und Namenstage lockten das Offizierskorps zum Hafen. War freilich *radiotelegrafisch* ein Staatsbesuch angekündigt, machte sich die Mannschaft sogar an einen neuen Farbanstrich, schaffte Blumen, Champagner und ein prächtiges Buffet an Bord. Und wenn sich auch mein

Großvater nach solch ausufernden Anlässen mit dem Händler herumzuschlagen hatte, der sich über die Ölflecken und Brandlöcher der geborgten Teppiche beklagte, waren es doch jene Abende, an denen er spätnachts mit seinem Mentor heiter durch Triest nach Hause gewankt sein dürfte.

Wir hätten die beiden Offiziere im Marinekasino und ebenso in den städtischen Cafés angetroffen, bei den Vortragsabenden im deutschen Schillerverein, aber auch im Teatro Verdi. Dass in den italienischen Schulen der Deutschunterricht Pflicht war, wird ihnen so selbstverständlich erschienen sein, wie dass auch sie im Alltag italienisch sprachen. Mein Großvater begleitete seinen väterlichen Freund in die Synagoge so wie jener die katholischen Studentenlieder mitsummte, und beide, obwohl ganz und gar unsportlich, ließen sich dann und wann im Tennisclub blicken.

Wegen Siegfried Poppers Problemen mit der Sehkraft und dem Gehör fiel meinem Großvater eine besondere Rolle zu. Popper besaß die ungewöhnliche Begabung, sich die richtigen Formen und Verhältnisse eines Schiffes vorstellen und so auf kostspielige Modellversuche verzichten zu können. Die Briten und Deutschen priesen ihn als eine Art Prometheus, der aus einem Klumpen Erde den Menschen formt, denn der chronische Geldmangel der k. u. k. Marine hielt ihn weder von kühnen Gedanken noch von praktischen Lösungen ab. Liborius Zeeman lieh ihm Augen und Ohren, die ihn durch das Labyrinth, das er geschaffen hatte, leiteten. Beinahe blind und taub, schuf Popper den Nimbus einer unbesiegbaren Kriegsflotte. Auf Dauer freilich war die Stärke der österreichischen Marine ein nicht haltbares Gerücht, ebenso jenes des prosperierenden Triest eine Art Luftblase, und doch war beides irgendwie großartig, Poppers phantastische Schiffe wie die ganze Triestinita.

Die beiden Ingenieure arbeiteten wie Künstler, aberwitzig auf sich allein gestellt. Nicht nur dachten sie über günstige Schiffsformen, über den Platz für offensive und defensive Bewaffnung oder über die angemessene Geschwindigkeit nach, sondern kümmerten sich auch um die Herstellung und Installierung der Schiffseinrichtung, um den Bau der Motoren und der hydraulischen Maschinen oder um die Verstauung der Munition.

Dass Sir William White ihn als Österreicher in die *Institution of Naval Architects* und Kaiser Wilhelm II in die *Deutsche Schiffbautechnische Gesellschaft* aufnahmen, ließ Siegfried Popper ebenso wenig aus Triest weggehen wie die ungewöhnlichen Auszeichnungen des Ministeriums in Wien. Er reiste nach England, nach Hamburg und er reiste nach Wien, aber kam stets nach Triest zurück. An seiner Seite mein Großvater, mit dem er arbeitete, debattierte und den *Chojsik* unverheirateter Männer machte.

Da sich Triest zu einem bedeutenden Umschlaghafen für Kaffee und Wein entwickelt hatte und der Geruch der Kaffeeröstereien, Likördestillerien, Brauereien und Weinmagazine in der Stadt allgegenwärtig war, entstand ein besonderes Lebensgefühl in Triest, das bald durch die Gazetten Europas geisterte. Man mochte meinen, eine Stadt ohne Erinnerung anzutreffen, einen geschichtslosen Ort, wo sich ein Schiffsvolk aus allen Häfen der Welt bukolisch vermischte. Jene Sirenen des europäischen Feuilletons verglichen die Winde, die schon immer aus allen Himmelsrichtungen durch die Gassen geblasen hatten, mit den Schiffen, mit denen hier Menschen aller Kontinente an Land gingen. Sie erzählten von einem wunderlichen Ort im Herzen Europas, an dem mit der kalten Bora aus Nordost das Gulasch, Palatschinken und Strudel nach Triest gekommen waren, mit dem gewittrigen Maestrale aus Westen der Stockfisch, mit der Brise des Libeccios aus Südwesten das Mandelgebäck, und mit dem heißen Scirocco aus Süden die Peperonata, Zitronen und Orangen. Die Windstille sollte dieser Melange den Tintenfisch, die Muscheln und Fische aus dem Golf sowie das Olivenöl und die Trüffel Istriens beigesteuert haben. Vom Treiben im Hafen war die Rede, von den großen Schiffen, die den Blick aufs Meer verstellten, und dem Karst, der den Golf umschließt, von einer jedenfalls schier unerreichbaren Intensität an Schönheit.

Den Spekulanten konnte die Fama eines dionysischen Orts der Freiheit nur recht sein, ob nun die Stadt tatsächlich am Erwachen oder aber kurz vor dem Kollabieren war. In Triest, hieß es, würden alle beim Wein jubeln. Die Polizeiakten füllten sich allerdings mit Berichten über randalierende Frauen und Männer, die betrunken durch die Gassen geisterten.

Nirgendwo gab es so viele Bars und Schenken wie hier, und wahrscheinlich ließen sich im Dusel die Grenzen der Milieus scheinbar überschreiten, wurden dann sogar Herkunft und Hautfarbe einen Duliö lang vergessen.

In diesem Schmelztiegel wurde das Unverdauliche solange gekaut, bis es bekömmlich wurde, hier gab es kein Lebewesen, das so befremdlich gewesen wäre, dass es sich nicht zu etwas Genüsslichem umgestalten ließ. War ein Frachter gelöscht oder die Frühschicht in der Werft beendet, und noch ehe die Büros der Handelshäuser, Versicherungen und Schiffsmakler öffneten, drängten Arbeiter und Beamte zu einem Teller Kutteln oder zu fetten Würsten mit Sauerkraut in die Buffets, und stets floss dabei Wein. Weder Anwälte, Makler noch Offiziere schmähten die Muscheln am Kiosk einer Mussolera, die hinter einem Markttisch die Schalentiere über glühender Holzkohle röstete. Und ein Glas Opollo, der für die Österreicher *Schiller* hieß, wird auch meinem Großvater den anbrechenden Tag erleichtert haben, oder ein Glas Bier in der Birreria Taverna Dreher, später ein Espresso mit Zigarette im Caffè Tedesco.

Die kroatischen Frauen, die ihren Männern das Mittagessen zur Werft brachten, balancierten ihre Körbe auf dem Kopf an ihm vorbei. Und die Bäuerinnen aus dem Karst, die auf der Piazza Ponto Eingekochtes feilboten, reichten ihm vielleicht Äpfel, die sie auf einem Esel zum Gemüsemarkt geschafft hatten. Währenddessen war wohl eine Ambulanzkutsche gemächlich ans andere Ende der Stadt unterwegs, und in Santa Maria Guati, einem alten Pumpturm an der Mole, belagerten bestimmt unzählige Katzen den Fischmarkt.

Der Gestank von Armut und Seuchen gehörte ebenso zur Stadt wie der Duft des *Jockey-Club*-Parfums nach Rosen, Jasmin, Cassis und Zitrone, den die eleganten Damen und Herren auflegten, ehe sie auf den Corso traten, und dessen verschiedenen Auslegungen, ob von Guerlain, Chanel oder Atkinson mein Großvater bei den Empfängen von Pietro Laurentini begegnete. Obwohl ein stadtbekannter Irredentist, lud Laurentini Marineoffiziere ein, und schon aus Verbundenheit zu seinem Namensvetter Leopoldo nahm Popper diese Einladungen an. Laurentinis Buffets, die er den legendären Empfängen von Freiherr Pasquale Revoltella nachempfand, lockten Italiener wie Österreicher. Revoltella hatte einst eine erstaunliche Ehrung durch das Kaiserhaus erfahren. Er war nämlich in den Adelsstand erhoben worden, obwohl er aus einer jüdischen Kaufmannsfamilie stammte. Allerdings waren die Revoltellas zum Katholizismus konvertiert, und Pasquale hatte sich als Freund von Erzherzog Maximilian und als Mitfinancier des Suezkanals einen Namen gemacht. Trotzdem galt er den Irredentisten als ein Idol, da er seinen Palast mit all seinen Kunstschätzen der Stadt Triest als Museum gestiftet hatte. Der Stadtrat Laurentini plagiierte nun Revoltellas kalte Buffet aus den 1860er Jahren, beschwor damit das sagenumwobene Krokodil aus zwanzig Sorten Fleisch und

Meeresfrüchten herauf, auch die Hunde aus Butter, das Wildschwein aus Würsten, die Zwerge aus getrüffelter Salami und Schinken, die Burg aus Schlagobers, den Eremit aus Krokant, die Gebirge aus Birnen, das Sorbet und die Krapfen, und er reichte wie Revoltella im Billardsaal Champagner und Havannas.

So bei den Buffets im Hause Laurentini der Farbenfabrikant Schmitz auftauchte, lästerte Laurentini über dessen Schwager Bruno, weil jener schwul sei. Er mochte Schmitz nicht leiden, da dieser Laurentinis Verachtung für die slawischen Arbeiter nicht teilte, und wenn Schmitz auch als Italiener galt, unterhielt er sich mit den beiden Offizieren gerne auf Deutsch. Zwischen diesen drei Männern herrschte eine gewisse Vertrautheit, die Laurentini beargwöhnte, und die doch nur aus den Stunden an Dock resultierte, wenn der Fabrikant den k. u. k. Ingenieuren seine korrosionsbeständigen Farben präsentierte. Da Schmitz in Deutschland zur Schule gegangen war, die Oper in Wien liebte und seine Urlaube in Bad Ischl verbrachte, verriet er für Laurentini eine verdächtige Nähe zu Österreich. Seine Frau, eine geborene Veneziani und glühende Italienerin, hatte die väterliche Fabrik geerbt und den Bankrotteur in die besseren Kreise Triests eingeführt. Sie hatte ihn, wie Laurentini es ausdrückte, zur römischen Bestimmung bekehrt, sein Geist sei aber wankelmütig geblieben.

Für Leopoldo Popper waren all der Neid und die Missgunst Folge jener unglückseligen Liaison der jüdischen Gemeinde mit dem italienischen Nationalismus, der, wie er fürchtete, Triest eines Tages ins Chaos stürzen würde. Für die beiden Offiziere wiederum konnte nur zählen, dass Ettore Schmitz nicht korrupt war und die Firma Veneziani mit großer Zurückhaltung lenkte. Freilich ließ er sich das Geheimnis der Farbmischung nicht entlocken. Und obwohl es hieß, Schmitz verkehre im Caffè Chiozza, einem stadtbekannten Treffpunkt der Irredentisten, benahm er sich gegenüber der Marine *manierlich*. Man sah ihn auf dem Veloziped durch die Stadt fahren, seine Abende in der Stadtbibliothek verbringen, und die beiden Offiziere trafen ihn auch im Musikverein an, weil er Richard Wagner verehrte.

Auch bei ihren Reisen nach England begegneten die beiden Offiziere dem Farbenfabrikanten. Zwar stieg Schmitz in teuren Hotels ab, fand sich aber nur schwer in der fremden Umgebung zurecht und litt maßlos darunter, auf seine Familie und das vertraute Triest verzichten zu müssen. Er überwachte den Bau einer Fabrik in einem Vorort Londons, und lud Popper und meinen Großvater dann und wann in ein Restaurant ein. Wohl auch wegen seiner schlechten Englischkenntnisse fühlte sich Schmitz in London verloren, ließ wann immer möglich seine Frau nachkommen und sich nur unter ihrer Obhut vom nordischen Meer und von der wilden Schönheit der walisischen Landschaft verzaubern.

Meinen Großvater muss Schmitz' Naivität belustigt haben, wenn der über die Ruhe und Ordnung in den überfüllten Straßen Londons, den Luxus und die

Würde in dieser Stadt der mächtigsten Kolonialherren schwärmte, und doch beklagte, in London keine Polenta serviert zu bekommen. Er aß kein Fleisch, weil dieses seiner Erfahrung nach erhitzend wirke. Vor allem amüsierte er die beiden Offiziere mit seiner krankhaften Eifersucht. Einmal echauffierte er sich darüber, seine Frau hätte in einem Zug-Coupé mit einem k. u. k. Offizier kokettiert, ja jener sein schamloses Auge auf sie gerichtet, und nannte sie dann doch vor lauter Liebe seine gute alte Ziege.

In der Pasticceria Pirona, unweit des Ladens von Leopoldo Popper, pflegten die beiden Offiziere ihre geliebte Pinza Triestina zu naschen, und dort begegneten sie eines Tages dem irischen Sprachlehrer, der zur Modeerscheinung im Triestiner Bürgertum geworden war. Auch Leopoldo schickte seine halbwüchsige Tochter Amalia zu ihm, beklagte sich aber, Joyce habe dem Mädchen den Kopf verdreht. Die beiden Offiziere beobachteten daraufhin den Iren, der verheiratet und Vater eines Sohnes war, wenn er in der Konditorei mit Amalia Kekse knabberte, und kamen zum Schluss, jener würde nur in Gedanken übertrieben handeln, sich vielleicht das Abwegigste ausdenken, dem Mädchen manchen Floh ins Ohr setzen, aber im Grunde ein harmloser Maulheld sein.

Zu jener Zeit bezog mein Großvater ein Zimmer mit Ausblick auf das Meer, später soll er einmal geäußert haben, die Begegnung mit meiner Großmutter wäre ihm vorherbestimmt gewesen. Seine Zimmerwirtin lebte mit zwei jungen Frauen zusammen, und alle drei trugen denselben italienisierten Namen, sie stammten aus Fiume und schwärmten von ihrer gräflichen Kindheit in der ungarischen Hafenstadt, in der sie von ihrem Diener mit der Kutsche zur Schule chauffiert worden wären. Ihr Auftreten hatte etwas Distinguiertes. Dass er sie einmal aus dem schäbigen Basar der Via Molino a Vento herauskommen sah, irritierte ihn ebenso wenig wie der Umstand, dass ihre vornehme Kleidung gestopft und ihre Schuhe abgetreten waren. Im *Mäuerchen* an der Via Molino verwandelten sich gewöhnlich die Bauern aus dem Hinterland zu Triestinern, da in dieser Schneiderei abgelegte Kleider und Anzüge, alte Schirme, Halskrägen und Krawatten, Hüte und Portemonnaies billig verkauft wurden. Und wenn auch die Patrizier über die Vogelscheuchen lästerten, die eingehüllt in die Mode von gestern durch die Gassen von Triest geisterten, fand mein Großvater die junge Frau in den gebrauchten Kleidern hinreißend, und Siegfried Popper unternahm nichts, um ihn von der Liaison abzuhalten.

Meine Tagträume, Versuch einer Deutung

Es war mir durchaus bewusst, dass die Vergangenheit meines Großvaters von mir erfunden und ein einziger endloser Tagtraum sein könnte, jedenfalls die Ereignisse in Triest zur Zeit meines Großvaters, wie ich sie wiedergebe, meine erdrückende Skepsis gegenüber Erzählungen wie auch meine unbändige Sehnsucht nach Harmonie widerspiegeln. Bis zu dem Tag, da ich nach und nach die Geschichte meiner Phantome zu erzählen begann, nahm dieser quälende Hunger nach dem Unerreichbaren nicht ab. Dabei ist das Träumen kein gewaltsamer oder gar abrupter Akt, es lässt meinen Alltag unangetastet und kann auch den Toten im Grunde nichts anhaben.

Immer wieder tauchte das Traumwesen, nach dem ich mich sehnte, oben in den Hügeln von Opicina auf. An seinem Gesicht faszinierten mich die strengen Linien von der Stirn bis zum Kinn, der klassische Zug um die Augen und Backen, auch dass es herzhaft auflachen kann, überaus empfindlich ist und doch über eine gewisse Robustheit und einen ausgeprägten Wirklichkeitssinn verfügt.

Ist dieses Phantom ein Double meiner Mutter, die mir als Kind wie eine Fremde gegenüberstand, und die ich jedenfalls nicht für meine Mutter hielt? Oder die Vorstellung meiner Großmutter, die für mich die Vision von Triest als Ort des Glücks und der Zufriedenheit verkörpert?

Ich habe mir Nonna Zeeman immer bodenständig und doch lasziv, burschikos und raffiniert zugleich vorgestellt. Dass sie zeit ihres Lebens nie den Namen Zeeman trug, war mir damals nicht bewusst. Und seltsam, ihrem Charakter nach war es die immer gleiche Liebesszene, die mich beschäftigte, und Geständnisse waren stets ein Teil von ihr. Ich empfand diese Frau meiner Träume als unberührbar, konnte mir ihren Körper nicht nackt vorstellen und hatte vor allem kein Bild von ihrem Geschlecht, das mir wie auf alten Gemälden als retuschierter Fleck zwischen den Beinen erschien. Träumte ich schließlich von Sex, erlebte ich diesen als religiöse Zeremonie, vollzogen an einem enthobenen Ort.

Solche imaginierten Hochzeiten waren stets mit italienischem Zauber verbunden, und jedes Liebesglück mit Emigration. Das Gesicht einer vorbeihuschenden Frau konnte meinen Wunsch auszuwandern ebenso erneut auslösen wie eine bestimmte Atmosphäre in der Gasse einer fremden Stadt, eine Fassade im Eindruck eines bestimmten Lichts etwa, eine Atmosphäre, wie sie der schmale Streifen blauen Himmels in den engen Häuserschluchten adriatischer Ortschaften erzeugt.

Nachdem ich durch eine bestimmte Straße von Triest (vielleicht unweit der Piazza Oberdan) marschiert war, träumte ich von einer Hochzeit, die mit allen Tabus brach, und es war dann die Braut, die mich lehrte, ein neues Leben zu beginnen. Anfangs herrschte kindliche Scheu zwischen uns, geradezu

Ehrfurcht und ein katholisches Ideal der Reinheit, dann aber kam bedingungslose Hemmungslosigkeit auf.

Inzwischen bin ich vernünftiger geworden und weiß, diese unbestimmte Sehnsucht nach der Fremde war mein Wunsch nach Geborgenheit. Es war der Nachklang jugendlicher Träume, als ich unlängst in Triest sentimental beobachtete, wie an einem einzigen Nachmittag im Abstand von je einer Stunde drei Brautpaare aus dem Kirchlein von Muggia heraus schritten, dahinter der Pfarrer und die jeweilige Hochzeitsgesellschaft. Als die Brautleute aus einem geflochtenen Käfig weiße Tauben auffliegen ließen, für die Fotos posierten und sich für die Fahrt zur Festtafel bereit machten, kamen mir meine Pfingsterlebnisse in den Sinn. Ich hatte mich dabei als Teil solch kleiner Welten in Sonntagsanzügen empfunden und in meinen Gedanken am Tisch fremder Leute Platz genommen, deren Sprache und Gestik ich plötzlich verstehen und deren Freuden und Ängste teilen würde.

Es drehte sich um ein Tappen nach Glück, das ich selbst im realen Leben von mir wies. Und, was rein und den Niederungen des Lebens enthoben begann, schlug in meinen Träumen irgendwann ins Schmutzige um. Am Höhepunkt konnte es gar nicht grenzenlos genug zugehen, zugleich ekelte mir aber vor jeder körperlichen Gewalt, ja ich hätte niemals dabei Lust empfinden können, in das schmerzverzerrte Gesicht einer Frau zu blicken. Jede Affäre musste auch die Kraft in sich bergen, die Etikette zu wahren und unaufgeregt und distanziert auszuklingen. In meinem Triest war stets unmöglich und verboten, was sich zutrug, dort kreuzten sich Keuschheit und eine Neigung zum Unkonventionellen. Hochzeitsnächte konnten Familien begründen und ebenso schamlosen Ehebruch bedeuten. An diesen geträumten Hochzeitsnächten zog mich die Bereitschaft sich völlig auszuliefern an.

Ich höre noch meinen beschwipsten Vater von Frauen schwärmen, die sich am Tisch wie eine Dame, und im Bett wie eine Hure benehmen. Und, was immer Odysseus, dem Irrfahrer, zugestoßen sein mochte, welch grausame Chimären ihn prüften, hatten ihn doch der Verstand und sein erwachender bürgerlicher Geist die archaische Schicksalsgläubigkeit überwinden lassen. Deswegen halten wir ihn für den europäischen Urvater. Schlau und kalt entzifferte er das eheliche Bett als das kurioseste Bordell. Nicht an einem beschnittenen und dumpf gemachten Wesen wollte er sich erleichtern, keine lustlose Preisgabe von einer Frau, sondern sich gemeinsam mit einem stolzen Wesen gewagten Phantasien hingeben. Hiermit bestand er auf die Einbildung einer gewissen Originalität in der Liebe. Eben diese Überzeugung verbinde ich mit der bürgerlichen Welt der Zeemans und ihrer Triestiner Vergangenheit. Mein Triest ist ausgesprochen bourgeois und europäisch (und wer wünschte nicht zu erfahren, welchen abartigen Wunsch Catherine Deneuve als *Belle de Jour* dem mongolischen Kunden erfüllte?).

Das geschlechtliche Rollenspiel, das der Irrfahrer vielfach übt, gleicht dem Verhältnis zwischen Analytiker und Patient. Erst recht in diesem Punkt erkenne ich mein Triest als die Heimat des Irrfahrers. Und, selbst wenn ich der Diagnostiker bin, bleibe ich der Zögernde, der sich verzweifelt an seine Imaginationen klammert. Jeder Auserwähltheit geht eine Verstoßung voraus, und das Exzessive entpuppt sich als Teil des Wunsches nach einzigartigen Erlebnissen. Flaniere ich in einer Stadt umher, kann in mir das Gefühl erwachen, wie kein anderer in die Häuserschluchten einzudringen, und doch, um so empfinden zu können, kein Bewohner dieser Stadt sein zu dürfen. Wahrscheinlich irre ich an jedem Ort der Welt durch Triest, wo ich, wäre die Geschichte anders verlaufen, leben und mit einer Italienerin (einem Ebenbild meiner Großmutter?) Kinder großziehen würde.

Ungezählte Male habe ich *mein* Paradies erspürt, oben in Opicina, wie in einem Luftschiff über Triest schwebend, in einem Augenblick, der den Ereignissen im Herbst 1907 entsprechen könnte, als mein Großvater mit Stephania Frankopan eine unerlaubte Beziehung begann. Bewegte auch ihn der Wunsch nach dem mediterranen Lebensgefühl? Erschauerte er vor dem Meer, *dem ungeheuren Gedehnten*, als die der kakanische Sehnsuchtskranke die Adria empfand, die für alle, die das Unmögliche wagen, weniger Kulisse denn Ausdruck für eine bisher unvorstellbare Hinwendung ist (*auf der Klippe den Sturz in die Tiefe vor Augen*)? Beugte sich mein Großvater der Weite, die (mit den Worten Musils) jeden Widerstand bricht und schließlich die Frage aufwirft, wie man sein müsste, um solche Intensität dauerhaft zu ertragen?

Draußen im Novembernebel über Triest, stelle ich mir vor, fliegt eine Elster auf, vor kalten Mauern, die schütter mit Efeu bewachsen sind. Zu dieser Jahreszeit ist der Garten leer, kein Sonnenschein, kein Schatten der Bäume. Das diffuse Licht der Deckenlampe (das erste elektrische Licht oder noch eine Petroleumlampe) lässt die Veranda mit dem großen Fenster wie in der trostlosen Landschaft schweben.

Mir scheint, in diesem Augenblick hat sich alle Welt für alle Zeiten zurückgezogen, und die beiden Liebenden gleiten, von allen Konventionen losgelöst, in eine Sphäre des Zwielichts hinüber. Sie sind an einem Ort, der von einer Katastrophe gezeichnet ist, die nicht diskreter hätte verlaufen können, von einer leisen Art der Auslöschung. Hier klingen alle Namen wie vergangen.

Dort drüben ist eine große Kübelpflanze, sie beide halten die dünnen Äste, die mit Bast zusammengebunden sind, für einen Stamm, das macht die Zierpalme zum Baum, auf dessen Zweigen sich Sittiche niederlassen. Im Licht der Lampe kann der Schimmer in den Augen der jungen Frau nur der eines aller Zeit enthobenen Wesens sein; zugleich reife Frau, gerührt vom Tollen der Kinder am Strand und der Aufregung unter dem Weihnachtsbaum, und doch noch Mädchen, neugierig auf wilde Versuchung.

Sie sitzt da drüben im Lehnstuhl, blickt aus dem Fenster, halb von ihm abgewendet. Es dämmert bereits. Unten in der Stadt gehen die Lichter an, und die Scheinwerfer der Schiffe, die bis weit draußen in der Bucht vor Anker liegen, erweitern Triest zu einer nächtlichen Großstadt. Er betrachtet ihr gelocktes Haar, ihre Ohren, ihren Mund mit den traurigen Winkeln, und diese unergründlichen Augen, ihre Haut, die zugleich dunkel und hell ist, samtig und an den Backen zu den Ohren hin leicht beflaumt.

Auf dem einzigen Jugendfoto, das von meiner Großmutter existiert, sind diese Gesichtszüge zwar nur zu erahnen. Ein unbeschreibliches Gefühl von Triumph, bin ich mir aber sicher, würde die Wollust der beiden begleiten. Sie hätten sich auch zufällig in einem Café treffen können. Als mein Großvater an ihr

Kleid stieß, im Vorbeigehen nur, aus Versehen oder aus Koketterie, gerieten sie in einen Taumel, und da er ein bestimmtes Wort sagen wollte, und sie es ihm abnahm, war es schon geschehen um die beiden. Sie vermieden es, sich die Hand oder gar einen harmlosen Kuss auf die Wange zu geben.

An diesem Herbsttag im Jahr 1907 wird mein Großvater mit der Straßenbahn hinauf nach Opicina gefahren sein. Unwiderstehlich, wider alle Vernunft war er von Stephania, der Tochter der Zimmerwirtin, angezogen. Er schwitzte schon seit Wochen unter dem Kragen, wenn er sie sah, anfangs nur beim Frühstück, dann auch abends, da er Signora Frankopan Geld für den Markt zusteckte. Stephania und ihre Cousine schnatterten über die Sommer in Abbazia und die noblen Herren in Fiume, und er dachte nicht einmal über die fragwürdigen Familienverhältnisse in diesem Haushalt nach. Er meinte alles über die junge Frau zu wissen, die ihm fremd war und doch wie aus seinen Tagträumen kam. Vielleicht passierte es nach einem weinseligen Essen, einer Folge von nicht abreißenden Blicken über den Tisch hinweg. Vielleicht gingen die beiden anderen Frauen zu Bett, und Liborius Zeeman und Stephania Frankopan blieben sitzen. Vielleicht tappte die Hand des Fünfzigjährigen nach den zarten Fingern, und gruben sich deren lange Nägel in die Haut unter der Manschette, und als er vorschlug, am nächsten Abend in eine Pension nach Opicina zu fahren, errötete das Mädchen nicht.

Ihm muss klar gewesen sein, was er riskierte. Vielleicht peinigte ihn sein Gewissen, während sich die Tram im steilsten Abschnitt auf Zahnrädern nach Opicina hoch bewegte, und doch konnte er nicht von der jungen Frau ablassen. Über ein Tête-à-tête hätte er sich keinen großen Kopf machen müssen, aber dass er drauf und dran war, sich an diese nicht standesgemäße Person zu verlieren, ja einmal ein Heiratsgesuch an den Kaiser formulieren würde, komplizierte sein Leben nicht unerheblich. Seine innere Gewissheit aber fühlte sich in einer körperlichen Weise geistig an. Er wollte sich dieser Frau wie nie etwas anderem vollständig ausliefern, und es war ihm gleichgültig, ob dies zu seinen Ansichten passte. Etwas in ihm war unberechenbar, zuallererst für ihn selbst. Erst Monate später, da Stephania längst von ihm schwanger war, würde ihm das ganze Ausmaß des Tabubruchs bewusst werden. Aber als er zum ersten Mal neben ihr im Bett lag und neben ihr einschlief ohne sie angerührt zu haben, erfüllte sich ein Kindheitstraum, und als sie ihn nachts, von seiner Schüchternheit gerührt, aus dem Schlaf weckte, durchmaßen sie das Sexuelle in Trance. Ihr Erstgeborener, mein Onkel, entstand in aller Unvernunft. Da meinem Großvater bewusst wurde, dass er nicht mehr von Stephania Frankopan lassen würde, waren die Zeemans, denen er das Leben schenkte, wenn auch unehelich geboren und erst viel später legitimiert, richtige Liebeskinder.

Ich weiß nicht, ob dies alles wirklich so geschehen ist. Meine Mutter äußerte sich stets sehr gereizt über die Triestiner Vergangenheit der Zeemans. Für ihren unbändigen Lebenswillen empfinde ich heute Bewunderung. Und, derart gegensätzlich wie meine Eltern waren und sich trotzdem ergänzten, hatte eine Frau wie sie im Leben meines Vaters auftauchen müssen.

Freilich beschäftigte mich oft die Frage, wer ich wäre, hätte ich eine andere Mutter, oder ob ich, wäre etwas anders verlaufen, nicht existierte, daher überhaupt kein Bewusstsein von mir selbst besäße. Ob glücklich oder unglücklich, haben sich die Gene meiner Eltern zu dem, was ich bin, miteinander verbunden, und nicht nur begehrte mein Vater meine Mutter wie er wohl ein gewöhnlicheres Gemüt nicht hätte begehren können, sondern war ihr offenkundig bis zum Ende seines Lebens dankbar verbunden. In jener Frau, die meine Mutter werden sollte, spiegelte sich vielleicht Nonna Zeeman, ja vielleicht glich jenes schöne Mädchen, das er unbedingt heiraten wollte, in vielen Facetten seiner eigenen Mutter. Und wiederum vielleicht mochte erst ihr gänzlich anderer Charakter sein Triestinertum, jenen stolzen Teil einer untergegangenen Welt, zum Vorschein bringen (so wie Stephania Frankopan das Unkonventionelle in meinem Großvater zum Leben erweckt hatte). Ja ich vermute, nicht die bloße Tatsache einer fremden Herkunft, sondern vielleicht erst das Insistieren meiner Mutter, Besseres verdient zu haben, bewirkte das Nebeneinander von Pragmatismus und Hochmut, Pflichtbewusstsein und selbstgefälliger Resignation, braver Bürgerlichkeit und Hang zur Ausschweifung, das meinen Vater kennzeichnete.

Meine Mutter war keine einfache Person. Am Mittagstisch durften wir das Wort *Maus* nicht fallen lassen, ja nichts aussprechen oder nur andeuten, wovor es ihr ekeln hätte können, und dabei wurde sie nicht müde, die Last ihrer Mutterschaft zu beklagen, obwohl unsere Haushälterin für uns Kinder sorgte. Unablässig beschwor sie ihre Armut, in die ihre Heirat sie gebracht hätte, und bekam doch alles von meinem Vater, was sie sich wünschte. Sie verwahrte in ihrem Schrank eine Unzahl von neuen Kleidern und Kostümen, Schmuck und Schuhen, während sie im Dachboden ein Lager von abgetragenem Zeug hortete, mit dem sie uns einkleidete und damit dem Spott der Keuschler-Kinder auslieferte. Jene kamen nämlich schon im roten Hemd oder gar in Jeans daher, während wir mit antiquierten Lederhosen und nach Mottenkugeln riechenden Sakkos im Dorf herumliefen. Dabei war meine Mutter schön, sinnlich, intelligent und wortgewandt. Hätte sie ihr Talent genützt, wäre aus ihr vielleicht eine Schriftstellerin geworden, deren Exaltiertheit für ihre Verehrer und Nachahmer ein Aphrodisiakum darstellt. Ihre außergewöhnliche Mitteilsamkeit, mit der sie viele beeindruckte, und die unter anderen Umständen aus ihr eine Femme Littéraire hätte werden lassen, belastete aber uns Kinder.

Wann immer jemandem etwas zustieß, ging es doch um ihr Befinden, denn sie klagte über die Aufregungen, die man ihr verursachte. Derart lebten wir alle ständig in Schuld. Kaum ein Tag verging, an dem sie nicht über Krankheiten und Geldnot jammerte. Wir mussten Rücksicht auf sie nehmen, durften sie in ihren depressiven Phasen nicht aufregen, und mussten ihre manischen Phasen geduldig über uns ergehen lassen. War sie im einen Moment nicht ansprechbar und lag antriebslos auf dem Sofa, redete sie im anderen in einem fort, plagte uns mit ihren Phantasien und blamierte uns vor Fremden. In Krisen verwandelte sie sich aber stets in eine sachliche Person, denn Katastrophen beflügelten sie, was meinen Vater zur Aussage bewegte, es gehe ihr nun einmal nur gut, wenn es ihr schlecht gehe.

Überaus bigott, wie sie war, sprach sie sogar vor einem Stück Fleisch auf dem Teller, das sie verzehren würde, von einer Sünde, die sie sich gönne. Ihr Intellekt verachtete die Religion, der sie doch völlig ausgeliefert war, und ihre Skepsis gegenüber Gott trieb sie, aus Furcht ihr zu erliegen und daher ohne Glauben in einer sinnlosen Welt ausharren zu müssen, gar in das Engelwerk, eine Facette des Katholizismus, die Geißelungen und Teufelsaustreibungen betreibt.

Auch uns Kinder empfand meine Mutter als Produkt der Fleischessünde. In Nächten entstanden, da sie nicht Herrin ihrer Triebe war und sich besinnungslos, gleichsam als Opfer, meinem Vater hingab, verkörperten wir die Erbschuld schlechthin. Wir erinnerten sie an ihre sexuelle Erregbarkeit, und so waren wir zweifach schuldige Kreaturen, an Gott ebenso wie an ihrem Leid, und standen auf jeden Fall in ihrer Pflicht. Weil sie an bestimmten Tagen Eros nicht widerstehen hätte können, wären wir auf der Welt, mein ältester Bruder als der *Fronturlaub*, der nächste als die *Heimkehr*, einer als die *Versuchung* und ich schlicht als der *Unfall*. Geriet sie in einen derartigen Redeschwung, blickte sie uns herausfordernd an, und es fehlte nur noch, dass sie ein Kreuzzeichen über uns Verdammte geschlagen hätte.

Meine Eltern hatten sich sehnlich eine Tochter gewünscht, was meine Mutter bei meiner Geburt entsetzt ausrufen ließ, *Schon wieder ein Bub*. Ihr selbst ist bis heute ein Rätsel, wie eine Frau, der Kinder lästig sind, Mutter von so vielen Kindern werden konnte. Ihre Schwägerin aus der Stadt wiederum konnte keinen Sohn zur Welt bringen, weswegen mein Onkel auf die Idee kam, mich zu adoptieren. Dieser Plan scheiterte nur am Eigensinn meines Vaters, und erst später, nach dem Tod meines Vaters, sollte mein Onkel zu meinem Vormund werden. Der Wunsch meiner Mutter nach einer Tochter ging dann doch in Erfüllung, und von da an lebte ich, als würde ich nicht existieren.

Unser Leben geriet außer Rand und Band, als wir nach dem Tod meines Vaters aus dem Dorf fort mussten, und meine Mutter nach Graz zog. Damals wurde mir auch bewusst, wie tief die Gräben zwischen den Familien meines Vaters und meiner Mutter waren. Die *Triestiner* schauten ein wenig arrogant auf die

Familie meiner Mutter, kleine Kaufleute aus Niederösterreich, herab, und diese hielten die Zeemans für eine degenerierte Sippe.

Zur Silbernen Hochzeit meiner Eltern setzten sie sich abseits der Tafel an einen Tisch und blieben ganz unter sich. Als meine nordische Tante den Fauxpas beging und ihnen mit „Sind die Herrschaften zufrieden?“ zuprostete, straften sie die arme Frau, indem sie einfach über ihre Wortmeldung hinweg gingen, und daher das Glas der Blamierten eine Ewigkeit in der Luft stehen zu bleiben schien. Daraufhin steckte die Familie meiner Mutter die Köpfe zusammen, und ich hörte sie flüstern, „Typische Italiener“.

Nun hatte meine *nordische* Großmutter, da sie zwischen den Häusern ihrer beiden Töchter hin- und herpendelte, das halbe Jahr bei uns gelebt. Mit ihren böhmischen Gerichten und ihrer grimmigen Art brachte sie die Hausordnung meines Vaters gehörig durcheinander. Und doch, wie sein Vater hatte sich mein Vater mit einer Frau aus der Fremde verbunden, und diese schönen exaltierten Frauen stammten aus dem Habsburgerreich. Und gleich meiner Triestiner Großmutter hatte meine Großmutter aus Niederösterreich einen Migranten zum Mann genommen, der noch dazu aus Böhmen, der Herkunft meines Triestiner Großvaters, abstammte. So wie unter den Zeemans die Befürchtung wegen des Jüdischen umging, war bei den niederösterreichischen Verwandten das Zigeunerische ein heikles Thema. Nach einigen Gläsern Wein plauderte meine Mutter von Musikanten und Bärenbändigern, und es ging das Gerücht um, mein Urgroßvater wäre als Findelkind an Bauern verkauft worden.

Selbst in alle Himmelsrichtungen zerstreut, war für die Zeemans das alte Österreich das Amerika Europas. Wenn sie einer verlorenen Utopie nachweinten, verdrängten sie freilich, dass meine Urgroßmutter aus Not tatsächlich nach Amerika hatte auswandern müssen. Letztendlich aber umspannt unsere Familiengeschichte ein Jahrhundert, das an Möglichkeiten menschlicher Vorstellungskraft ebenso wenig ausließ wie es an unsagbarer Vernichtungsenergie entfesselte. Und immerhin hatte sich in einer altösterreichischen Familie wie den Zeemans das Unvertraute halbwegs friedlich miteinander verbunden, und eine über allen Vorurteilen stehende Toleranz wurde schließlich auch zum Vermächtnis meines Vaters.

Ließen meine distinguierten *Triestiner* Verwandten meine Phantasien ins Unermessliche schweifen, holte meine *nordische* Großmutter sie wieder vom Himmel herab. Sie war eine bodenständige Person aus einem Dorf, wo man schon die Ortschaften, die am anderen Flussufer lagen, als Serbenland diffamierte. In diesem reizvollen Abschnitt des Donautals lebten durchwegs herbe Menschen, das ganze Gegenteil der klassischen Köpfe von Triest. Und doch waren sie wie die Triestiner Wasserwesen, auf eine bestimmte Weise furchtlos und Fremden gegenüber aufgeschlossen.

Die Augen meiner niederösterreichischen Großmutter sah ich nur feucht, wenn sie über Kaiser Franz Joseph plauderte, den sie als Kind einmal leibhaftig gesehen hatte. Alles an ihr schien auf Verzicht ausgerichtet, mit Bitterkeit verbunden und doch von einem Pflichtbewusstsein getragen, das sie zwar mürrisch, aber auch souverän machte. Und, noch ehe ich den Schmerz, den der Verlust des Vertrauten nach sich zieht, als das Wesen eines Umzugs von einem Ort zum anderen wahrnehmen sollte, verband ich mit ihrem unsteten Leben eine Irritation, die mich faszinierte. Mit ihrem Kommen und Gehen verfügte ich über ein Modell für meine Auswanderungslust. Das Donautal war für mich auch ein Stück Italien. Die Weinberge und die heißen Sommer, die Fische, die wir am Ufer grillten, die zirpenden Grillen und die orangefarbenen Früchte hatten wie die Geschichten meines Vaters über Triest das Gefühl meiner Andersheit genährt. Zur Marillenernte im Juni herrschte an der Donau ein Touristenandrang, als liefe gerade ein Hochseedampfer aus dem Orient im Hafen von Triest ein. Über dem Laden meiner Tante verkündete ein Schild *Kolonialwaren und Preziosen*, und meine Tante wusste zu berichten, die Arbeitsjacke der Winzer hätte ihren Namen vom strapazfähigen Stoff, den einst mongolische Reiter nach Europa gebracht hätten.

Mit der Ankunft meiner *nordischen* Großmutter zog ein strenges Regiment in unseren *Triestiner* Haushalt ein. Für meinen Vater und meinen Onkel war sie ein Schreckgespenst, eine Matrone, die über alles Bescheid wusste, in allem Recht behalten musste und nicht im Geringsten daran dachte, etwas wie Respekt gegenüber anderen zu üben. Alles Schwächere bedachte sie mit Verachtung oder herablassendem Mitleid. Tat sie ihre Meinung über die Unerzogenheit seiner Kinder kund, verzog sich mein Vater.

Hielt auch meine Großmutter meinen Vater für unfähig, seine Kinder ordentlich zu erziehen, bewunderte sie ihn doch als einen stattlichen Herrn. Zwar mokierte sie sich, er sei ungeschickt, doch rüttelte dies für sie nicht am ehernen Gesetz, wonach nur ein Mann die Familie ernähren könne und alles außerhalb des Haushaltes zu regeln habe. Frauen blieben am Herd und kommentierten die Welt, und dem Himmel sei Dank erwiesen sich die Männer als lebensunfähig und brauchten daher eine Frau. Für mich bedeutete dies großen Vorteil, denn für meine Großmutter konnte selbst bei schlimmsten Bubenstreichen nur meine Schwester die Schuldige sein. Diese behandelte sie wie eine Magd, und ich genoss, dass im Großmutterhalbjahr meine Schwester das Geschirr abwaschen, den Müll wegschaffen und mehrmals täglich ihr Gebet sprechen musste. Ja ich kann sagen, durch meine niederösterreichische Großmutter bekam ich eine Ahnung davon, was es bedeutet privilegiert zu sein.

Hielt sie sich bei meiner Tante in Niederösterreich auf, schrieb ihr meine Mutter wöchentlich einen Brief. Nach dem Mittagessen las sie dann den Bericht vor, den meine Tante verfasst hatte, und so erfuhren wir, was sich an jedem Tag der Woche an der Donau zugetragen hatte, wie das Wetter gewesen, was auf den Tisch gekommen und was am Sonntag in der Kirche gepredigt worden war. An diesem Austausch nahm nur mein Vater nicht teil. Überhaupt scheint mir heute, mein Vater war zwar unser Vorbild, aber doch auch irgendwie nur Gast. Und weder er noch meine Mutter ahnten, was sich an den Abenden zutrug, da mich ein bestimmter Pater in sein Zimmer im Kloster-Konvent zu sich rief. Seine Leidenschaft galt Wagners Ring, er gab mir Rotwein zu trinken, während er sich eine Zigarre anzündete und laut die Plattenaufnahme mitsang, „Wie durch Fluch er mir geriet, verflucht sei dieser Ring". Dann kramte er seine Lederhose hervor, beschmierte sie mit Butter, erklärte wortgewaltig, wie prächtig sie im Kamin verbrennen würde, und fragte mich lüstern, ob ich dabei zusehen wolle. Und während er sich nun bei lauter Wagnermusik mit der Hand unter dem Ornat heftig zu reiben begann, spürte ich, dass der Augenblick der großen Sühne gekommen war, und ich endlich die Todsünde, derentwegen mich meine Mutter ins Internat geschickt hatte, abbüßen dürfe. Ich griff also gehorsam zum obersten Hosenknopf, und dem Pater stand der Himmel offen, während ich so tief in die Hölle hinab stürzte, dass ich heute nicht mehr zu sagen weiß, was in dieser Nacht wirklich geschah.

Vor dem Endspiel der Fußball Weltmeisterschaft 1970 ließen die Präfekten einen Fernseher im großen Studiersaal aufbauen – eine Überraschung, die Euphorie unter uns Internatsschülern auslöste, zumal es sich um ein Farbfernsehgerät handelte, auf dem wir das Finale zwischen Brasilien und Italien mitverfolgen würden, was damals ein seltener Luxus war. Die Studiertische wurden an die Wand gerückt, wir saßen auf dem Boden, und schon kurz nach Anpfiff des Spiels kamen Schlachtrufe, ein wildes Klatschen und ein Pfeifkonzert auf. Unter allen Internatsschülern hielt ich als einziger nicht zu den *Ballzauberern* aus Brasilien, und als ich auch noch lauthals kundtat, mein Herz poche für Italien, schlug mir offene Feindseligkeit entgegen. Ich fühlte mich im Krieg. In dieser fanatischen Gemeinde für die schäbigen Gastarbeiter aus Italien die Daumen zu drücken, erforderte Heldenmut, sogar meine Freunde buhten mich aus. Man schlug mir auf den Hinterkopf, als der göttliche Boninsegna zwischenzeitlich den Ausgleich für Italien schaffte, und nach dem deutlichen Sieg Brasiliens brach Spott und Hohn über mich herein. Aber ich verehrte die Azzurri, Luigi Riva und Gianni Rivera, danach noch glühender, und meine Berufung zum Mediterranen schien mir mit Blut und Tränen verdient.

Als ich dann in den Sommerferien mit meinem Vater durch Triest spazierte, war ich tief enttäuscht. Die Stadt erwies sich als abweisend, war eine gewöhnliche Häuseransammlung mit einem tristen Hafen, in dem ein paar Kähne vor sich hin rosteten. Triest entpuppte sich als Allerweltsort, langweilig und leblos, und dieses eitle Flanieren der Triestiner über den Corso zum Canale Grande und Molo Audace empfand ich als eitel. Mit dem Blick von heute würde ich in ihnen Bourgeois wahrnehmen, die ihre Mittelmäßigkeit hinter Pomaden und Pomp zu verbergen versuchen. Die Stadt erfüllte für mich nichts, was ich in sie hinein gedacht hatte. Im Caffè degli Specchi stießen mich die aufgetakelten Herrschaften ab, die großformatige Zeitungen durchblätterten und prätentiös ihre Kaffeetassen und Zigaretten an den Mund führten. Wie steif mir meine adriatischen Traumwesen begegneten! Mir fiel auf, die Stadt war von Dessous-Läden übersät, und in den Schaufenstern bot man neben Strümpfen und BHs seltsame Gegenstände an, Pölsterchen und Stoffteile mit Schnüren, die wie der abgetrennte Rumpf von Frauen aussahen.

Freilich mochte das alles nur mein Wahn sein, und zugleich verliebte ich mich ja in die Augen der Triestinerinnen. Und vielleicht fühlte ich in diesem Augenblick ähnlich wie ein Irredentist zur Zeit meines Großvaters, der in einem Triestiner Café die Erlösung so inbrünstig herbeigesehnt hatte, dass er in seiner futuristischen Inbrunst nichts sehnlicher wünschte als den Krieg gegen die bestehende Ordnung, und dann eines Tages nach geschlagener Schlacht in seine Stadt zurückkehrte und sich wiederum unerlöst fühlte.

Von meinem Triest träumte jedenfalls ein Unverwundeter. Der nächste Eindruck, der eine Spur in meinem Gedächtnis hinterließ, ist ein Familienjubiläum, das zwei Jahre später in Graz stattfand. Ich sehe die mit Holz getäfelten Wände und Messinglüster, die elegante Drehtür am Hoteleingang und die Piccolos, die den Gästen ihre Mäntel abnahmen und sie in den Festsaal führten, die gedeckte Tafel und den Ober, der einem Patrone glich. Ich erinnere mich daran, wie die Erwachsenen langsam in einen angeheiterten Zustand übergingen, sehe die lachende und plaudernde Runde, meinen Vater, braungebrannt, der meinem Onkel erklärt, warum er meinem verbummelten Bruder das Vertrauen nicht entzog. In meiner Phantasie fand das alles im Triestiner Salon von Nonna Zeeman statt. Ausladende Gesten und große Worte schwirrten durch den Saal, opernhafte Erzählungen und eine herrliche Exaltiertheit, die Triest erneut zum Leben erweckten.

Mir wollen keine größeren Geschichten einfallen, es sind wahrscheinlich belanglose Ereignisse, die im Nachhinein Bedeutung erlangen, wenn alles, was man für unumstößlich hielt, ein plötzliches Ende nimmt. An diesem Tag, an dem die Zeemans ein weiteres Mal aus ihrem Nest vertrieben wurden, war ich davon überzeugt, mit nie da gewesenem Stolz in die Arme meines Vaters sinken zu können. Ich hatte eine Flasche Weißbier in einem Münchner Diskontladen gekauft und wollte sie ihm zum Geschenk machen. Die Schultheatergruppe, in der ich den Arzt der Komödie

Sieben Gläser Chambertin mimte, hatte einige Wochen davor ein Gastspiel in unserem Dorf, und mein Vater hatte meinen Freunden erklärt, stolz auf mich zu sein, weil ich Bach und Vivaldi ebenso gern hörte wie Cream und die Doors. Mit zärtlichen Worten sprach er von seinem Wohlgefallen, weil ich das Alte schätzen und auf das Neue gespannt sein konnte. An diesem letzten Aprilwochenende war die Schultheatergruppe zum Lohn ihres Fleißes nach München eingeladen, ich entsinne mich, wir nächtigten in einem Nonnenkloster und besichtigten den Viktualienmarkt, die Pinakothek und das Olympiastadion. An diesem lauen Samstagabend mussten wir nicht zurück ins Internat, und einer meiner beiden Freunde aus dem Schlafsaal kam mit mir nach Hause. Ich war stolz auf die Flasche Bier, die ich mit meinem Taschengeld erstanden hatte, und ich dachte im Zugabteil an das gütige Lächeln meines Vaters, mit dem er sie genüsslich austrinken würde. Da ich am Bahnhof meinen Onkel entdeckte, ging ich vor Freude über, denn es war nie vorgekommen, dass mich ein derart hoher Gast vom Bahnhof abholte. Er hatte aber nur meinen ältesten Bruder zum Zug gebracht. In der Aufregung war auf mich vergessen worden, und nun stand da ein heiteres Bürschchen auf dem Bahnsteig, das frech jubilierte, weil es von seinem Onkel chauffiert werden würde.

Während er mir dann im Auto mitteilte, mein Vater wäre abgängig, versteinerte augenblicklich die Welt. Die Häuser am Weg, der kein Ende nahm, sind bis heute in meinen Gedanken unbewohnte Ruinen, und das Auto, in dem wir saßen, ein Gefängnis, aus dem es kein Entrinnen gibt. Es war, als machten wir nicht vor dem Elternhaus Halt, als stiege ich nicht aus dem Wagen, ginge nicht die Treppen hoch und stünde nicht vor der Geldbörse, die auf dem Piano im Vorzimmer lag, und doch starrten mich das aufgeweichte Leder, die blassen Geldscheine und die Fotos seiner Kinder an, die mein Vater stets bei sich getragen hatte.

Meine Mutter fand die Flasche Bier in meiner Hand höchst unangebracht. Sie fasste mich nicht an und verzog sich bald mit meiner Schwester ins Schlafzimmer. Immer schon war alles düster und dunkel gewesen, wenn mich mein Vater am Ende eines Heimfahrwochenendes zum Bahnhof gebracht und mir nachgewinkt hatte. Immer hatte er mich dann mitleidig angeschaut, und immer hatte ich mir eingebildet, in seinen Gesichtszügen einen Abschiedsschmerz zu entdecken, als würden wir uns zum letzten Mal in die Augen schauen. Seine angespannte Haltung hatte jener des Adams in der Sixtinischen Kapelle geähnelt, der die Hand ausstreckt, aber den rettenden Finger Gottes nicht zu fassen bekommt. So jedenfalls legte ich dieses Bild aus, gegen alle Behauptungen des Kunstgeschichtelehrers, der in dem Gemälde Adams Erweckung zum Leben zu sehen meinte.

In der Erinnerung meiner Mutter war mein Vater entspannt zum Ärztekongress aufgebrochen, den er gemeinsam mit meinem Bruder besuchen wollte. Vergnügt verließ er das Dorf, aber es folgte ein Alptraum. Mein Bruder hat ihn als letzter von uns lebend gesehen. In Zeemanscher Manier hatten sich Vater und Sohn von der Ärztegesellschaft verabsentiert und den Abend in einem einfachen Gasthaus verbracht. Mein Bruder flirtete mit der Kellnerin, und da mein Vater abrupt aufstand und sich verabschiedete (lächelte er?), zwinkerte er ihm dankend zu. Schelmisch ging er davon aus, unser Vater räume das Feld für das kleine Abenteuer (einmal war mein Bruder, damals noch Student, mit einem Freund drei Nächte um die Häuser gezogen, und da er betrunken zurückkam, war ihm meine Mutter entgegen gestürmt und hatte ihn ausgeschimpft, während mein Vater ins Stiegenhaus trat und ihm salopp zurief, „Old Filio, nehmen wir einen letzten Drink!“).

Kurz nach dem abrupten Aufbruch meines Vaters folgte ihm mein Bruder, nun doch beunruhigt wegen des wortkargen Abschieds, fand aber das Pensionszimmer leer vor. Zwei Tage lang suchte er unseren Vater, ohne ein Wort darüber zu verlieren, und erst nach achtundvierzig Stunden der Hölle, in die er hinabgestiegen war, meldete er Dr. Zeeman als abgängig, aber auch Polizei und Feuerwehr fanden keine Spur von ihm.

Zeitungen und Radio spekulierten über Mord oder Selbstmord eines alternden Arztes. Als sich schließlich nach drei Wochen sein Leichnam im Rechen einer Flusswehr verfing, stellte sich zuerst eine gewisse Erleichterung bei uns ein. Es schien uns einfacher, den Tod eines Menschen hinzunehmen als diese bohrende Ungewissheit zu ertragen. Nach dem Begräbnis aber riss ein ganzer Roman verzweifelter Liebe die Familie in eine Leere, wir fühlten uns haltlos und schuldig.

Jeder hatte für sich eine Idee von Schuld. Die Familie fiel auseinander, als ob sie noch einmal aus Triest vertrieben würde, und die Flüchtenden blieben nur durch ihre Vergangenheit und ihre Angst vor der Zukunft miteinander verbunden. Irgendwie konnte es keiner benennen, aber das Zentrum unserer Lebensenergie hatte sich entzogen. Ich sehe mein verblichenes Passbild in der Geldtasche meines Vaters und spüre, wie das Ziehen in der linken Schulter begann, ein wiederkehrender Schmerz, der in den Oberarm ausstrahlt und mir Angst machte, und ich denke an die vielen unausgesprochenen Nächte, in denen sich mir die Brust zusammenkrampfte, und ich den Herztod starb.

So kommt ein Unerlöster zugleich in der Stadt an, aus der er vertrieben wird. Damit verbunden scheint eine gewisse Biegsamkeit im Denken und Fühlen, vielleicht werden die Gequälten zu elastischen Menschen. An diesem Samstagabend im April, als mein Vater starb, erzählte mir mein Freund eine Geschichte, die ihm sein Onkel nach dem Tod seines Vaters erzählt hatte. Ein Mädchen wird mit akutem Blinddarmdurchbruch in ein Krankenhaus gebracht, muss reanimiert werden und überlebt seinen kritischen Zustand dank des gewagten Eingriffes eines Chirurgen. Nach seiner Genesung holt seine überglückliche Mutter es ab, und während diese das lachende Kind aus der Krankenhaustür kommen sieht, fühlt sie reines Glück und muss wenige Augenblicke später mitansehen, wie ihr Kind unter dem Rad des Autos stirbt, das gerade vor dem Krankenhaus vorfuhr.

Bei den Hellenen wird Teiresias zum Seher der Zukunft, weil er die Göttin der Weisheit beim Baden überrascht, unabsichtlich einen Blick auf ihre nackte Scham wirft, zur Strafe von ihr geblendet wird, und hierauf kraft des inneren Auges, das mit seiner Erblindung heranreift, die Zeichen der Zeit zu deuten weiß. Unlängst nahm ich das Buch wieder zur Hand, in dem ich als Student über das Geheimnis des Teiresias gelesen hatte. Es geht der Frage nach, welche Kulturen das Leben lieben und welche es hassen. Ich fand die Geschichte von Teiresias aber nicht wieder, und während ich mich noch fragte, ob ich mir das alles nur eingebildet hätte, fiel mir eine Postkarte auf, die in jenem Buch steckte, eine Abbildung der *Drei roten Vögel* von Georges Braque, mit ein paar lieben Dankesworten einer Bekannten von damals. Vielleicht war sie es gewesen, die mir von der Zwirbeldrüse erzählte, vielleicht hatte sie mir das Buch des Ethnologen geschenkt, ich erinnere mich, sie war fasziniert von den Hormonen, die in der Zwirbeldrüse produziert würden, und die uns hinter der Stirn ein seltsames Licht empfangen ließen, jenes dritte Auge der Ahnen, mit dem sie, wie es heißt, die Zukunft in die Gegenwart holten.

Bei den widerspenstigen Parallelwelten, die wir uns schaffen, wird es verständlich, warum der Patient, der Einblick in die Tiefen und Abgründe seiner Psyche erlaubt, liegend auf einer Couch Platz nehmen soll (ich müsste meine Aufzeichnungen im Grunde halb liegend machen wie damals in der Fensternische des Klosterinternats). In der Wahl des Möbels, das wir mit der Psychoanalyse verbinden, war Freud äußerst hellsichtig. Die ausgestreckte Position verhindert, dass er beim Erwachen aus seinen Geständnissen mit dem Kopf auf den Boden aufschlägt.

Mein Triestiner Großvater hatte sich mit seinem Bekenntnis zu Stephania Frankopan selbst desavouiert. So könnte unsere Geschichte begonnen haben, und sie ist jedenfalls so widersprüchlich wie das meiste an der Familie Zeeman. Dabei sollte ich eine so schwerwiegende Diagnose nicht salopp hinsagen, eher vom doppelten Gesicht, vielleicht von einer unglücklichen Begabung sprechen. Meine Mutter beklagte oft den Alkoholismus der Zeemans, aus einer nihilistischen Ahnung neigten sie nämlich zum übermäßigen Weinkonsum. Die Nüchternen unter ihnen waren schlecht gelaunt und unausstehlich, die Frauen exaltiert und vorlaut, litten dauernd an Migräne. Endete eine gemütliche Runde stockbetrunken, gar angriffslustig und selbstgerecht, so fatalerweise als ein Ebenbild des Lebens, dessen leeren Versprechungen man durch weinselige Aufheiterung zu entkommen versuchte.

Aus den Vorstellungen der Zeemans, was sie von der Welt zu erwarten hätten, blieb das Bild der unfähigen und selbstmitleidigen Männer wie das der neurotischen und habgierigen Frauen in den Patrizierhäusern Triests immer präsent. Ja die strengen Matronen, die ihre Söhne reich verheiraten und eine Tochter als persönliche Magd halten, waren die Phantome unserer Familie, und doch sorgten gerade die Frauen dafür, dass die Familie, deren Männer sich am Weltuntergang weideten, die schlimmsten Zeiten überdauerte.

Unlängst hörte ich von einem Neurologen, wir würden unser Ich in einer Wolke aus Realitäten und Fiktionen suchen. Kriegsveteranen erzählen nach Jahrzehnten ihre Erlebnisse, und diese entpuppen sich als ein Ineinander von Ereignissen, die sie selbst erfuhren und Episoden, die sie in Büchern lasen oder in Filmen sahen. Auf die nächtlichen Versuche der Zeemans, *ihr* Triest nachzuzeichnen, traf dies jedenfalls zu. Sie bedienten sich an allem, was sich nur irgendwie anbot, obskure Details zu ihrer Geschichte beizutragen. Vielleicht ist es das Privileg der Auswanderer, sich alle möglichen Deutungen anzueignen.

Die Vorstellung von Frauen, die schwierig oder in großer Bedrängnis, vom Schicksal geprüft und zugleich anziehend und unwiderstehlich sind, hatten die Emigranten aus Triest nach Graz mitgenommen. Im Duliö (auch so ein Wort aus dem alten Österreich) pflegte mein Vater zu sagen, seine Frau könne ihn ruhig beherrschen, nur dürfe er es nicht bemerken. Ja er hätte sich wohl gefühlt unter all den Triestiner Kaffeehausgehern, die misogyn über ihre Frauen klagten und gleichwohl vom einzigartigen Reiz der Triestinerinnen schwärmten.

Im Übrigen las man in Triest zur Zeit meines Großvaters Freuds *Traumdeutung* im deutschen Original. Die Triestiner entdeckten (auch die radikalsten Irredentisten unter ihnen) den österreichischen Abgrund, den sie zu überwinden trachteten, in ihrer eigenen Seele. Edoardo Weiss, der Schillerndste unter ihnen, hatte in Wien Medizin studiert und Freuds Mittwochssitzungen besucht. Später sollte er in österreichischer Uniform in den Krieg ziehen. Er vereinte das Unlösbare in sich. Weiss stammte aus einer alteingesessenen jüdischen Familie und verdiente sich, da ihm viele Türen in Triest offenstanden, schon als Student ein gutes Zugeld. Nora Joyce erzählte ihm ihre Träume, die Familien Veneziani und Schmitz taten es ihr nach, und Umberto Saba nahm wie die halbe Stadt Therapiesitzungen bei ihm. Dass Weiss nach dem Zusammenbruch der Donaumonarchie seine Stellung in der Psychiatrischen Klinik verlor, weil er sich weigerte, den Eid auf Mussolini zu leisten, Triest verließ und ins Exil nach Chicago ging, gehört auch zum verlorenen Paradies, als das sich die Kaffeehausgänger ihre Stadt erträumt hatten. Die meisten unter ihnen hatten all die Jahre den Untergangsblick geteilt. In ihren Köpfen spukte das Bild des gefährlichen Weibs herum, das sie verschlingen würde, ja es trieb sie eine kindliche Angst vor dem weiblichen Geschlecht (von dem sie sich zugleich mit der Vertreibung der Österreicher befreien würden). Wonach sie dürsteten, davor fürchteten sie sich. Sie predigten Enthaltsamkeit, gerade wenn sie den Exzess übten, denn der ganze dunkle Kontinent der Frauen, von dem sie in Freuds *Traumdeutung* gelesen hatten, war ihnen ungeheuer.

Um ihre *zivilistische* Gesinnung abzulegen, erhielten die jungen k. u. k. Offiziere wie mein Großvater eine Art Feuertaufe des brüderlichen *Du.* In *Die Reise nach Komakuku,* das ich mit siebzehn in der Bibliothek des Klosterinternats entdeckte, holt ein Offizier mit Schnurrbart auf das schüchterne *Sie* des Eleven mit der rechten Hand aus und schreit ihn an, „*Du*! Wenn du mir noch einmal *Sie* sagst, du Trottel, so hau ich dir eine herunter, dass du blau wirst!“ Nach dieser Einweihung legt der junge Mann ein Gedächtnisblatt an, um sein hohes Standesgefühl und Pflichtbewusstsein wachzuhalten, und von nun an ist ihm Unerhörtes wie das Verklagen eines Kameraden bei einem Vorgesetzten verboten, er muss jeden Konflikt *ritterlich* mit Fäusten, Säbeln oder Pistolen aus der Welt schaffen, und ihn erwartet, so er diesen Kodex bricht, ein fürchterliches Strafgericht.

Einem Mann aus bescheidenen Verhältnissen war in der Marine etwas wie ein Privatleben nicht zugedacht. Aus Mangel an adeligem Nachwuchs rekrutierte das Heer seine Offiziere längst unter Männern aus dem Volk, und da sich diese das geforderte standesgemäße Leben nicht leisten konnten, verschuldeten sie sich oft bis über die Ohren und trugen fleißig zum Ruf Österreichs als korrupten Beamtenstaat und Spionagehochburg bei (entgegen der fixen Idee der Österreicher, die Habsburger hätten, anstatt Kriege zu führen, geheiratet, hat Österreich während ihrer Herrschaft so viel Blutvergießen wie kein anderes europäisches Land angezettelt). Um heiraten zu dürfen, musste ein Marineoffizier um *allerhöchste* Erlaubnis bitten, dabei ein eigenes oder das Vermögen seiner Braut nachweisen. Seine k. u. k. Apostolische Majestät geruhte zudem aus allerhöchster Gnade und ausnahmsweise die Verehelichung auch ohne Vermögen zu gestatten, wenn der Brautvater ein k. u. k. Offizier war, das italienische *nobile de M.* in seinen privaten Dokumenten stand, oder aber der künftige Schwiegersohn Aussicht auf das begehrte *von* hatte.

Schon deswegen muss der Besuch von Etablissements in der Città Vecchia für Liborius Zeeman ebenso ungewöhnlich gewesen sein wie das Zimmer bei einer Hausfrau. Nicht selten zeigten sich deren uneheliche Töchter einem großzügigen Herrn gegenüber aufgeschlossen. Und betrat er spätabends die Wohnung und nahm noch ein Gläschen am Küchentisch zu sich, konnte er eine junge Frau, die von einem besseren Leben träumte, mit Charme und Kriegsgeschichten durchaus beeindrucken. Alles, was um die beiden herum geschah, offenbarte sich dann von weltpolitischer Dimension, und die aufkeimenden Gefühle der beiden bekamen etwas Schicksalhaftes.

Zur Jahrhundertwende hatten Deutschland, England, Frankreich und Japan das chinesische Reich unter sich aufgeteilt und den Chinesen ihre Vorstellung von Zivilisation näher gebracht, die chinesischen *Boxer* daraufhin Missionen überfallen, und daher war auch die österreichische Marine zur Niederschlagung des Aufstands nach Peking entsandt worden. Inzwischen war auf dem Balkan eine Feuersbrunst ausgebrochen, die Panslawisten zettelten Aufstand um Aufstand an, und der Schlachtruf *Serbien muss sterbien,* der in Wien durch alle Gassen heulte, zeugte von der immensen Bedrohung des Vaterlandes.

Als mein Großvater Stephania mitteilte, ein Gesuch um Pensionierung an die Marinedirektion einzureichen und eine Stellung in der Stabilimento Tecnico Triestino anzunehmen, mochte sie zufrieden genickt haben, denn er würde ihretwegen ein Zivilist werden. Dass auch Siegfried Popper um Versetzung in den Ruhestand angesucht und ebenfalls in der Stabilimento angeheuert hatte, wird sie dabei nicht argwöhnisch gestimmt haben. Die Begründung im einen Fall waren Probleme mit dem Herzen und im anderen extreme Kurzsichtigkeit, Glaskörpertrübung und Schwerhörigkeit. Die beiden würde nun ein gemächlicheres Leben in Wohlstand erwarten.

Und dabei stand ihnen der Höhepunkt ihrer Ingenieurslaufbahn erst bevor, denn erst als *Private* würden sie die heiß ersehnten k. u. k. Schiffe mit 30,5 cm-Drillingstürmen bauen können. Dass die Marine die italienisch dominierten Werften mit ihren klügsten Köpfen zu infiltrieren versuchte, spielte dabei gewiss eine Rolle. Im Ringen um Macht und Einfluss begriff allerdings die k. u. k. Admiralität die Rolle der Creditanstalt-Bankverein nicht. Diese war im Besitz der meisten Aktien der Stabilimento, und für die Bankiers, die im Hintergrund die Fäden zogen, existierten weder Grenzen zwischen Österreich und Italien, noch zwischen diesen beiden Ländern und der restlichen Welt. Für sie zählte einzig der Wunsch nach Kontrolle, die mit der unbeschränkten Freiheit auf Profitmaximierung verbunden war. In ihrem Interesse muss es gelegen haben, im Vorstand der Stabilimento beide Parteien ihre Kreise ziehen zu lassen, und die Verschuldung der Marine war eine willkommene Chance, bald weit gewaltigeren Einfluss als den über eine Industrieanlage in Triest zu erlangen.

Eine unbedachte Handlung Montecuccolis hatte den Bankiers in die Hände gespielt, als nämlich jener Kredite für den Bau der Viribus Unitis aufgenommen und mit Staatsanleihen belehnt hatte. Auf die Proteste der Skodawerke und der Stabilimento folgten wilde Drohungen der Ungarn, die als Gegenleistung den Bau einer Szent István in Fiume forderten. Damit stieg die Verschuldung des Reiches nur noch weiter an, ja längst verschlimmerte jeder politische Versuch, die Situation zu beruhigen, die Lage des beinahe bankrotten Staates. Die Herren der Creditanstalt-Bankverein konnten freilich nicht anders als mit sich und der Welt zufrieden sein. Montecuccoli kam mit einer Rüge des Kaisers davon (und die Affäre nicht ans Tageslicht), weil der Thronfolger, Erzherzog Franz Ferdinand, vom stolzen Krieg seiner Marine träumend, beim Kaiser interveniert hatte.

Als dann Stephania Frankopan 1909 zum ersten Mal schwanger ging, kam die Liaison ans Licht. Die junge Frau zu ehelichen, hätte für meinen Großvater den

Verzicht auf die Marine-Pension bedeutet, im Konkubinat zu leben, wofür er sich daher entschied, galt wiederum im italienischen Triest als unverzeihbare Verfehlung. Voghera konnte ein Lied davon singen, da er wegen der freien Liebesgemeinschaft mit seiner Cousine die Lehrerstelle am italienischen Gymnasium verloren und ausgerechnet in der österreichischen Handels- und Schifffahrtsakademie eine neue gefunden hatte. Die erzkatholischen Österreicher benahmen sich also in Sachen Liebe liberaler als die Irredentisten der Triestiner Kommunalverwaltung.

Jene meiner Tanten, die sich am eifrigsten an der Mythenbildung der Zeemans beteiligt hatte, offenbarte kürzlich eine *nicht so schöne Seite* meines Großvaters. Bei seinen Reisen nach Wien soll er stets im Hotel Sacher abgestiegen und es brüsk abgelehnt haben, seine verarmten Verwandten zu empfangen oder sie finanziell zu unterstützen. Vielleicht waren für ihn nur mehr die Frankopans seine Familie, und da jene der Konvention wegen nicht existieren durfte, wies er vielleicht seine Herkunft drastisch von sich.

In der Grazer Gruft sind neben den Zeemans drei Frauen mit dem Familiennamen Frankopan begraben, über deren Schicksal an den Abenden im Haus meiner Verwandten gelästert und verschämt berichtet wurde. Die Frankopans hatten in Fiume Handel mit Schiffsplanen getrieben, waren aber verarmt. Die Mutter meiner Großmutter Stephania hatte als Zimmermädchen in Graz ihr Geld verdienen müssen, und Stephania war das Ergebnis einer Affäre mit einem gewissen Ingenieur Huber, der die Errichtung der Straßenbahn von Triest nach Opicina und später den Bau der Schlossbergbahn in Graz geleitet hatte. Gemeinsam mit ihrer Schwester und deren ebenfalls unehelichem Kind ging meine schwangere Urgroßmutter nach Triest, bestieg aber bald das Schiff der Austro-Americana, um nach New York auszuwandern, und ließ ihre Tochter bei ihrer Schwester zurück. Das Seehospiz in Servola mit seinen Stockbetten und der Desinfektionsanstalt war der letzte Eindruck, den meine Urgroßmutter von Europa mitnahm, ehe sie mit all den Verzweifelten, die in Österreich keine Aussicht auf ein menschenwürdiges Leben hatten, mit dem besten Rock und Hut, den sie besaßen, die Laderampe des Schiffes bestieg und wochenlang auf Unterdeck ausharrte, ehe sie in Long Island Einlass bekam und im italienischen Viertel New Yorks als Küchenmädchen anheuerte.

Zum Werftdirektor aufgestiegen, übersiedelte mein Großvater mit Stephania und den Kindern nach Görz, das den Österreichern wie auch den Slawen weniger feindselig gegenüberstand. Ich stellte mir oft vor, wie auf der Treppe der Villa ein Diener auf meinen Großvater gewartet und ihm Hut und Mantel abgenommen, meine Großmutter im Esszimmer das Auftragen der Suppentöpfe und Fleischteller dirigiert, im Erker ein Zimmermädchen Blumengestecke geordnet hatte, und die Kinder von einer Gouvernante zum Eissalon begleitet worden waren. Die k. u. k. Marine genoss damals eine hohe Beliebtheit im bürgerlichen Österreich, die bis in die Tage meiner Kindheit einen Nachklang fand, denn auch ich trug noch als Bub aus gutem Haus am Sonntag den Matrosenanzug, nicht anders als mein Vater in *jenen letzten Tagen der Menschheit*.

In Triest aber, wo mein Großvater auf den Docks seinen Traum vom unsinkbaren Schlachtschiff zu verwirklichen versuchte, war er von jener kakanischen Panik gefangen, die sich aus panslawischen Parolen wie aus Garibaldis Schlachtruf nährte, das Monster Österreich müsse fallen. Und auch die Haltung des offiziellen Italien muss für einen k. u. k Offizier reichlich irritierend gewesen sein. Eben hatte sich das römische Königreich mit Deutschland und Österreich gegen Frankreich verbündet, stellte aber trotzdem Anspruch auf Teile des Balkans und zettelte, um seine kolonialen Ambitionen in Afrika durchzusetzen, einen Krieg gegen die Osmanen an, die doch mit den Habsburgern verbündet waren.

Und auch auf die Triestiner Irredentisten nahm das offizielle Italien keine Rücksicht, obwohl diese in ihren Vereinen eifrig die Tripolis-Hymne spielten und ihre Parolen vom Anschluss an Rom fleißig auf Ansichtskarten und Zündholzschachteln verbreiteten. Während die Triestiner Slowenen italienischer als die Italiener sein wollten und sich in ihren Vereinen als fanatische Antisemiten hervortaten, sah Liborius Zeeman frühmorgens, wenn er zur Werft fuhr, die Schilder der Gymnasiasten, *Tod dem Reich! Es leben die Völker!*, und hörte von den Tumulten, da Pennäler ihre österreichischen Lehrer verprügelten und sie als Knödel und Schufte beschimpften.

Zum Direktor der Werft Sant'Andrea aufgestiegen, muss er trotz allem ein geachteter Mann in Triest gewesen sein. Da sein Mentor beinahe erblindet und taub geworden, indes ein außergewöhnlicher Konstrukteur geblieben war, stieg er zu ungeahnter Bedeutung auf. Er selbst war nun der Meister, und sein Meister nur mehr sein Berater, ja Poppers Gedanken wurden zu seinen Taten, und er mit Poppers Eingebungen selbst zum Visionär.

Dem Wahlspruch des Kaisers gemäß, *Mit vereinten Kräften*, sollte das erste Schiff der Tegetthoff-Klasse auf *Viribus Unitis* getauft werden. Es war der erste und letzte Kreuzer, dessen Bau mein Großvater verantwortete, da die gewagten Transaktionen zu Montecuccolis Rücktritt als Flottenkommandant führten, und Liborius Zeeman nach dem Stapellauf von der Direktion in den Aufsichtsrat der Stabilimento wechseln musste. Das Schiff, an dem zweitausend Arbeiter über zwei Jahre werkten, war kleiner als die Dreadnoughts der anderen Seemächte, führte zwölf schwere Geschütze in vier Drillingstürmen, die überhöht montiert waren und einen zentralen Turm verzichtbar machten. Diese Bauart sollte sich aber später bei allen Großkampfschiffen durchsetzen, und wenn Siegfried Popper später vorgeworfen wurde, den Schutz gegen Torpedoangriffe zu schwach dimensioniert zu haben, darf nicht unerwähnt bleiben, dass das Monsterschiff ohne Tests und Materialversuche, sondern einzig nach den

Gedanken zweier Männer gebaut werden musste. Da der Bau der *Viribus Unitis* (dem Stolz und der Kränkung unserer Familie) auf reinen Gedankenspielen (ja Tagträumen?) beruhte, stelle ich mir das technische Denken meines Großvaters als ein ästhetisches Empfinden vor. Für ihn mochte sich das Schöne als zweckmäßig und nur das Zweckmäßige als schön erweisen (mein Vater begründete übrigens mit diesem Gedanken seine Wertschätzung von Autobahntrassen, die bei uns in den 1960er Jahren durch das bergige Terrain gelegt wurden, und die für ihn kraft ihrer technisch idealen und daher schönen Form den Blick für unscheinbare Hügel, Abhänge, Vorsprünge und Kuppen im Gelände öffneten).

Dass beim Stapellauf der Viribus Unitis am 24. Juni 1911 die Werftarbeiter mit ihrem passiven Widerstand die Zeremonie beinahe verunmöglichten, steht nicht in den Annalen der k. u. k. Marine. Als Erzherzogin Maria Annunziata auf höchst ungewöhnliche Weise die Schiffstaufe vornahm (den Champagner nicht an den Bug warf, sondern die dort befestigte Flasche über einen Schalter zerplatzen ließ), war die Bordwand weiß gestrichen, und anstatt der Geschütze ragten für die Fotografen österreichische Fahnen aus dem Rumpf. Danach saß mein Großvater an der Ehrentafel des Thronfolgers, das jedenfalls ist verbrieft, mitsamt der Tischordnung und all der kulinarischen Extravaganz, mit der an diesem Abend der Thronfolger brillierte.

Zu jener Zeit ehrte die Israelitische Kultusgemeinde Wien Siegfried Popper für seine Treue zum österreichischen Vaterland. Dabei zitierte der Präsident der Kultusgemeinde den Erzherzog Karl Stephan, der davon gesprochen hatte, die Leistungen der heimischen Industrie hätten das Feindesland beunruhigt, daher wäre vom Auslande der *Versiteli* gemacht worden, den Konstrukteur der neuen Schiffstypen für eine dortige Werft zu gewinnen. Dies wäre aber, so der Präsident der Kultusgemeinde, am Felsen der Vaterlandsliebe zerschellt, Siegfried Popper hätte nämlich die glänzendsten Anerbieten zurückgewiesen.

Ob dies auch auf meinen Großvater zutraf? Seine Rolle beim Bau der Viribus Unitis ist bezeugt, und doch fand ich ihn kein einziges Mal in dienstlichen Akten erwähnt. Auf einem Foto, das mein ältester Bruder besitzt (man verteilte die wenigen Kleinode der Triestiner Vergangenheit an uns Kinder, ohne dass wir sie je untereinander getauscht hätten), posiert mein Großvater in einer Gruppe von Offizieren, unter denen auch Oberst Alfred Redl sitzt. Dieser war zum Zeitpunkt der Aufnahme im Jahr 1902 eben zum Generalstabsoffizier ernannt und nach Sankt Petersburg stationiert worden (und dürfte schon Informationen an den Geheimdienst des Zaren verkauft haben, als mein Liborius Zeeman den Sankt-Stanislaus-Orden entgegennahm). Ob mein Großvater während des Baus der Viribus Unitis unter den Verdacht geriet, der bis heute nicht enttarnte Verbindungsmann Redls in Triest gewesen zu sein?

Offiziere sind einem Plausch gegenüber nicht unaufgeschlossen, und Ingenieure entflammen sich leicht für technische Details. Nur wenige in ihren Kreisen sind als naiv vorstellbar, und die Würde ihres Amtes wächst mit den Geheimnissen, die sie teilen. Es wird neben der Gier nach Luxus weniger der Wille zur Verschwörung als ein allgemeiner Defätismus aus Oberst Alfred Redl einen Verräter gemacht haben. Es passierte ihm eben. Was immer Redl an Verrat begangen hatte, teilte er doch mit seinen Kameraden das österreichische Weltbild. Er sehnte nicht das Ende des Habsburger Reiches herbei und wollte gewiss nicht Geschichte schreiben, indem er Informationen an andere Mächte weitergab, die ihm doch erst das Leben ermöglichten, das er in Österreich führte. Und so hätte sich auch mein Großvater damit begnügt, die illustren Personen, ihre Taten und Verwicklungen in einer Affäre, wie man es nannte, als gegeben hinzunehmen. Erstaunlicher als das Geschehene erschiene die Aufregung, die daraufhin entsteht. Ich weiß nicht, wie er zu Oberst Redl stand, und ob dies überhaupt eine Bedeutung für ihn hatte.

Das Grandiose im österreichischen Sinn kann existieren, weil es sich selbst für entbehrlich hält, und wenn es auch für einen Österreicher des Realitätssinns bedarf, um etwas bewegen zu können, bleibt in ihm doch ein Misstrauen gegenüber jeder Geschäftigkeit bestehen. Der fleißige Ingenieur, der ein Dreadnought – einen *Fürchtenichts* – konstruiert, Detonationen berechnet, will zugleich jemand sein, der mehr dem Gedanken als dem Handeln verbunden bleibt. All die Männer, die akribisch an der Höllenmaschine experimentierten, waren davon fasziniert, dass ihr Monarch Manöver abhielt, die ihm selbst so gewaltig erschienen, dass kein Feind es wagen würde Österreich zu attackieren.

Auf dem Grab meines Großvaters ist das österreichische Wortspiel schlechthin eingraviert, A.E.I.O.U., und dies zu einer Zeit, als Liborius Zeeman längst bewusst gewesen sein muss, wie unentrinnbar dieses Reich dem Untergang geweiht war. Blieb sein Leben trotzdem diesem *Österreich wird bis zum Ende der Welt dauern* verpflichtet, mochte dies bedeuten, die Welt geht mit Österreich unter, und ebenso dessen Pointe, dass es niemals angebracht sei, viel Wind um dieses Ende zu machen.

Über Oberst Redl wurden Bücher geschrieben und Filme gedreht, und zwei Jahrzehnte nach dem Tod meines Großvaters ging auch Georg Ritter von Trapp, den er in Fiume kennengelernt hatte, in die Filmgeschichte ein. Im romanesken Ensemble unserer Triestiner Vergangenheit besaß die Trapp-Familie einen Fixplatz. Nach dem Verlust seines Vermögens in den 1930er Jahren hatte sich Trapp geweigert, mit den Nazis zu kollaborieren und daher nach Amerika fliehen müssen. Meine Eltern besuchten jedes Kino, das *The Sound of Music* im Programm führte, und mein Vater redete über die Legenden der Trapps, als handelte es sich um unsere eigene Geschichte. Es ging darum, sentimental sein zu dürfen und zu betonen, dass die schier unglaubliche Karriere der Trapps in Amerika doch eigentlich auf einer Art Weltsehnsucht nach dem alten Österreich beruhte. Den musikalischen Aufstieg der Trapp-Familie in der neuen Welt erklärte mein Vater aus der Trauer um die verlorengegangene. Wenn mein Vater auch nur ungern die Geschichte meiner Urgroßmutter erwähnte, hatte sie doch, einst nach Amerika ausgewandert, den in Graz gestrandeten Zeemans mit Paketen aus Übersee über die schlimmste Zeit hinweggeholfen. Und wenn unsere Verwandten in New York auch nur auf Glückwunschkarten existierten, die man zu Weihnachten austauschte, gehörten sie zum Selbstverständnis einer Familie, die von der großen Politik in alle Welt verstreut worden war.

Am Schreibtisch

Hier an meinem kleinen Schreibtisch, auf dem sich Bücher, Notizblöcke und Zettel stapeln, komme ich schließlich im September 1983 an, da mich ein Schulkamerad aus dem Internat auf das Herz meines Vaters ansprach. Ich war ihm im Internat nicht besonders nahe gestanden, und nun trank ich gerade ein Glas Wein an der Theke eines Grazer Szenelokals, als er mir etwas Ungeheuerliches ins Ohr flüsterte. Ich folgte ihm zur Universität, wo er am Pathologischen Institut arbeitete, und er führte mich zu einer Vitrine mit Exponaten. Im Vordergrund des Glaskastens sah ich das Herz meines Vaters, ganz deutlich das dicke Gerinnsel, das die Blutbahn verstopft und zu seinem plötzlichen Herztod geführt hatte, wohl mitten auf der Brücke zwischen dem Gasthaus, wo mein Bruder mit der Kellnerin geflirtet, und der Pension, wohin er hatte gehen wollen.

Mir krampfte es meinen Brustkorb zusammen, und ich glaubte im präparierten Herz meines Vaters das verlorene Triest der Zeemans pochen zu hören. Dieses Herz, in Formalin getränkt, war einmal von schönem roten Blut durchflossen gewesen. Es erzählte mir, wie mein Großvater 1915 nach Graz geflüchtet war, seine Kinder erst an seinem Totenbett legitimiert wurden, während italienische Truppen das österreichische Görz zerstörten, und später Mussolini eine faschistische Musterstadt daraus machte. Es erzählte, wie die älteren Geschwister meines Vaters in

Graz den Hauch der k. u. k. Hautevolee erlebt hatten, ehe Siegfried Popper in Prag unter eine Straßenbahn geriet, und die Zeemans verarmten. Und es erzählte, wie sein Puls für meine Mutter zu schlagen begonnen hatte, die als BDM-Führerin auf dem Heldenplatz stand, mit dem stolzen Gefühl, in einer herausragenden Epoche der Geschichte zu leben, während bald danach Nonna Zeeman mit ihren beiden Söhnen in einem Straflager der Nazis inhaftiert wurde, weil sie einem Legitimisten zur Flucht in den Süden verholfen hatten. Und wie meine Mutter am Kriegsende von Wien zu den Verwandten aufs Land ging, wo gerade der Bürgermeister mit dem halben Dorf in die englische Zone flüchtete, oder wie meine Urgroßmutter mit ihren Paketen aus New York den ärgsten Hunger zu lindern half.

Und doch lernte ich Jahre später die hoffnungsvolle Seite der Welt kennen. Ich traf einen Psychologen und Schriftsteller, der in Triest mit dem Arzt Franco Basaglia zusammen gearbeitet hatte. Basaglia, der Protagonist der *Antipsychiatrie*, stand für eine Befreiungsbewegung, die gegen das ganze herrschende Italien gerichtet war. Von den unmenschlichen Zuständen in der Irrenanstalt von Görz schockiert, hatte er gegen den Einsatz von Zwangsjacken, Käfigen, Elektroschocks und der Lobotomie gekämpft und am Ende sogar die Schließung oder eigentlich Öffnung der alten Anstalten erreicht. Basaglias Vermächtnis (er war im August 1980 einem Gehirntumor erlegen) überstrahlte für meinen neuen Freund nicht nur die Tristesse, sondern deutete den Aufbruch zu einem neuen Denken an. Basaglia war es nämlich nicht nur um das Verbot von Grausamkeit gegangen, er hatte vielmehr die gesamte bourgeoise Vorstellung von Normalität attackiert. Sein Denken sprach dem Wahnsinn die Fähigkeit Sinn zu stiften zu, denn für ihn waren Wahnsinn und Vernunft verschwistert, und er, der Arzt, hielt die Verbannung des Wahnsinns aus unserem Leben für einen großen Verlust. Und doch war er kein Philosoph, der in seinen Reflexionen verharrt, sondern Arzt. Mit der Öffnung der Irrenanstalten befreite er nicht nur die Kranken, sondern forderte das bürgerliche Triest heraus. Nicht nur ließ er die Zäune um das Gelände der Irrenanstalt niederreißen, sondern lud die Kranken dazu ein, in das Zentrum von Triest zu ziehen und dort in Wohngemeinschaften zu leben. Plötzlich flanierten die Ausgestoßenen die Molen hinaus und saßen auf den Parkbänken der Stadt. Laut Basaglia sollte nicht nur der Arzt den Patienten, sondern ebenso der Patient andere Patienten heilen. Und so bevölkerten sich krümmende, zuckende, jaulende, stotternde, lallende und spuckende Frauen wie Männer Triest, und ausgerechnet die von den Österreichern 1908 errichtete Irrenanstalt Andrea di Sergio Galatti (mit ihren Pavillons im Wiener Jugendstil, den schönen Portalen, Fenstersimsen und hohen Räumen) bildete das Zentrum jener Vision einer Gemeinschaft freier Menschen. Bei diesen Erzählungen fühlte ich mich an unser Bergdorf erinnert, wo die Irren aus der Landessiechenanstalt auf dem Marktplatz herumgelungert, kauzig das Spiel der Kinder kommentiert und für die Bauern kleine Wege erledigt hatten. Man mit ihnen gelacht hatte, weil sie clownesk und von einer unglaublichen Direktheit waren, nichts was sie dachten und fühlten, verschwiegen und im Übrigen von meinem Vater ohne Entgelt behandelt wurden, da man in der Anstalt ihren Wehwehchen wenig Glauben schenkte.

Bewegte sich in all den Jahren der Tagtraum so nahe am Leben, dass er beinahe aus meinen Gedanken in die Welt hinaus kippte, und empfing ich Signale, die mir andeuteten, es könnte sich erfüllen, was ich mir wünschte, wurde ich verträglich, gut gelaunt, neugierig. Inzwischen erfahrener, was meine Stimmungen betrifft, bin ich mir aber bewusst, dass der Wunsch immer nur beinahe in Erfüllung gehen durfte, denn die Vitalität, die mich eben erfasste, ließ augenblicklich nach, sobald der kleine Ausschnitt des Glücks manifest zu werden drohte.

Ging es also stets darum, beinahe am Kuss, beinahe an der Umarmung, beinahe an der Vereinigung zu sein, war es ebenso notwendig, die Tagtraum-Szene, die sich über Wochen nur um Nuancen veränderte, wie ein tägliches Gebet zu wiederholen. Die Wiederholung gehörte wesenhaft zum Tagtraum, der erst als Litanei über das Verlorene hinwegtröstete.

Wurde bloß ein Bild, ein kaum realistischer Wunsch zum Inhalt meines Traums, erschlaffte sein Esprit rasch. Selbst der schönste Körper enttäuschte in der Realität. Die Leidenschaft für eine Schauspielerin, die ich während eines Films entwickelte, war trivial, da meine Erregung nur kurze Zeit andauerte, und sich bald Überdruss einstellte. Auch der Tagtraum brauchte Erwiderung, eine Geste oder wenigstens die Ahnung, dass hinter der kühlen Mimik der Person, von der ich träumte, Gefühle für mich loderten.

Selbst eine sachliche E-Mail konnte zwischen den Zeilen verraten, ob jemand etwas für mich empfand, und wurde dann einer leisen Andeutung meinerseits mit einer koketten Bemerkung entgegnet, geriet ich in Aufregung.

Menschen sind sterblich, und das einzig echte Gefühl ist ihre Ängstlichkeit, denn wir sind uns selbst Außerirdische, sagte dies Slavo Žižek? Operieren auch heute Ärzte ein Gelenk und setzen kühne Prothesen in den Körper ein, täuscht der raffinierte Robotereingriff doch nicht darüber hinweg, dass unser Gehirn der eigentliche Fremdkörper in unserem verletzlichen Leib ist, und dass uns, um Frieden zu finden, nichts anderes übrig bleibt, als die Tiefen unseres Bewusstseins, ja die Unterwelt aufzusuchen – um wie Odysseus nach unsäglich viel Leid und Erfahrung friedlich in die Arme Penelopes sinken zu können, die er mehr liebt als alle Nymphen oder Sirenen, die ihn bezirzten und verwirrten.

Und wäre ich der Schriftsteller, der ich vorgebe zu sein, würde ich auf der anderen Seite des Lebens in Triest aufwachen und trotzdem wieder in den Armen meiner Frau liegen und meinen Kinder über den Kopf streicheln. Das Leben ist stärker als die Phantasien, an denen die einen verrückt werden, und aus denen die anderen unvergessliche Bücher zimmern. Das ist das Tröstlichste, was mir mein Triest erzählen kann. Am Ende der Reflexion ist das Ende der langen Nacht, in der die Erinnerung wachgerufen, die Zeit aus der Vergangenheit heraufgeholt wurde, und etwas wie ein friedliches Ich erhebt sich aus dem Bett, morgens um sechs Uhr vielleicht, wie jeden Tag auch jetzt im Jänner, wenn es noch dunkel ist, es aber in wenigen Minuten dämmern wird, ja es schon dämmert, aber noch dunkel ist. Unten im Hafen blitzen Drehleuchten auf, die Straßenlaternen brennen, in den Fenstern gehen nach und nach Lichter an, unter einem schwarzen Himmel, der eigentlich grau ist wie auch die Stadt. Alles erscheint mir wie auf manchen Bildern im Triestiner Civico Museo Revoltella in der schönen Gasse, die heute Via Diaz heißt, und ist doch vom orangefarbenen Licht der Laternen kontrastiert. Am Horizont taucht schon ein dunkelblauer Streifen auf, und als es hell wird, formieren sich dramatische Wolkentürme, die doch nur Schlieren sind, wie auf dem Himmel gespiegelte Wellen des Meeres. Die Stadt erwacht, die Kräne am Hafen beginnen sich zu bewegen, auch die Autos auf den Straßen, der Verkehr wird bald dichter, und in den hellen Fenstern sehe ich die schönen Triestiner Gestalten, verschlafen, zerknittert, wie sie ins Badezimmer wanken, von einer Müdigkeit umfangen, die bald in Elan übergehen wird, weil das Tagwerk beginnt.